DESCOBRINDO OS CLÁSSICOS

AUTO DO BUSÃO DO INFERNO

ÁLVARO CARDOSO GOMES

editora ática

Auto do busão do inferno
© Álvaro Cardoso Gomes, 2007

Editora-chefe	Claudia Morales
Editor	Fabricio Waltrick
Editor assistente	Emílio Satoshi Hamaya
Preparador	Agnaldo Holanda
Seção "Outros olhares"	Juliana de Souza Topan
Coordenadora de revisão	Ivany Picasso Batista
Revisoras	Ana Luiza Couto
	Elizete Mitestaines
	Fernanda Almeida Umile
Colaboração	Fabiane Zorn
ARTE	
Diagramadora	Thatiana Kalaes
Editoração eletrônica	Studio 3
Pesquisa iconográfica	Sílvio Kligin (coordenador)
	Juliana de Souza Topan
	Josiane Laurentino
Ilustrações	Samuel Casal

CIP-BRASIL. CATALOGAÇÃO NA FONTE
SINDICATO NACIONAL DOS EDITORES DE LIVROS, RJ

G612a
2.ed.

Gomes, Álvaro Cardoso, 1944-
 Auto do busão do inferno / Álvaro Cardoso Gomes ; [ilustrações de Samuel Casal]. - 2.ed. - São Paulo : Ática, 2009.
 168p. : il. - (Descobrindo os Clássicos)

 Contém suplemento de leitura
 Inclui apêndice
 ISBN 978-85-08-12362-9

 1. Vicente, Gil, Ca. 1465-1536? Auto da barca do inferno – Literatura juvenil. 2. Novela infantojuvenil I. Casal, Samuel. II. Título. III. Série.

07-3755.   CDD: 028.5
                                                                       CDU: 087.5

ISBN 978 85 08 12362-9 (aluno)
ISBN 978 85 08 12363-6 (professor)
Código da obra CL 736565
IS: 248660

2012
2ª edição
6ª impressão
Impressão e acabamento: Gráfica Paym

Todos os direitos reservados pela Editora Ática, 2005
Av. Otaviano Alves de Lima, 4400 – CEP 02909-900 – São Paulo, SP
Atendimento ao cliente: 4003-3061 – atendimento@atica.com.br
www.atica.com.br – www.atica.com.br/educacional

IMPORTANTE: Ao comprar um livro, você remunera e reconhece o trabalho do autor e o de muitos outros profissionais envolvidos na produção editorial e na comercialização das obras: editores, revisores, diagramadores, ilustradores, gráficos, divulgadores, distribuidores, livreiros, entre outros. Ajude-nos a combater a cópia ilegal! Ela gera desemprego, prejudica a difusão da cultura e encarece os livros que você compra.

PRÓXIMA PARADA: INFERNO OU PARAÍSO?

Depois de uma experiência frustrante como professora, Lola chega ao colégio São Gonçalo para encarar um novo desafio. Apesar de conhecer bem as dificuldades do dia a dia escolar, ela não perde a esperança – quer fazer diferença! Para transmitir conhecimentos, Lola defende que o diálogo tem de prevalecer entre educadores e estudantes e que os alunos não devem entender apenas os textos que leem, mas o mundo que os cerca. Assim, ela vai se entregar de corpo e alma ao trabalho e até pôr em risco seu relacionamento com Arthur, já que o namorado não se mostra nada compreensivo com tanta dedicação.

Mas será que, depois da frustração com a experiência anterior, Lola agora vai conseguir o que pretende?

Logo no primeiro dia na nova escola, ao entrar na sala dos professores, o que ela ouve sobre os terríveis alunos do 1º A deixa-a pra lá de preocupada. Eles arrumam apelidos para todos os professores, azucrinam com eles e fazem a maior bagunça, principalmente a "turma do fundão", liderada por Tato.

Mas talvez a classe que tem fama de ser infernal não seja assim tão terrível, e seus "capetinhas" não passem de adolescentes irreverentes que não perdem a oportunidade de fazer uma piada. Pelo menos essa é a expectativa da jovem e idealista professora, que também intui que há algo muito especial em Tato, o aluno-problema que sempre tumultua as aulas e exerce grande influência em toda a classe. Será que, na verdade, sua rebeldia e sua petulância não são apenas as formas que ele encontrou para reagir à separação dos pais e, principalmente, ao distanciamento que se criou entre eles e o garoto depois do divórcio? E não seria por essa razão que Tato se fecha em seu mundo, refugiando-se nas páginas dos romances e desabafando em poemas tristes?

Nas primeiras aulas de Lola, os alunos reclamam muito das leituras e tarefas, mas aos poucos, através do texto cômico e crítico de Gil Vicente, vão aprendendo que a literatura pode ser algo bastante divertido, mesmo quando trata de coisas sérias. Enfrentando muitas dificuldades, Lola consegue vencer também mais um grande desafio: aproximar-se de Tato, fazê-lo se abrir, enfrentar seus problemas e canalizar sua inteligência e revolta para produzir algo criativo – uma nova maneira de expressar suas discordâncias. E, nesse processo, o *Auto da barca do inferno* vai ajudá-lo muito, principalmente a entender algumas coisas do mundo.

Entretanto, o garoto é mesmo bastante problemático, e suas atitudes podem vir a comprometer terrivelmente a professora Lola.

Como tudo isso vai acontecer? As próximas páginas estão aí, só esperando a sua descoberta.

Os editores

Os trechos do *Auto da barca do inferno* foram extraídos da edição publicada pela editora Ática na série Bom Livro (*Auto da barca do inferno – Farsa de Inês Pereira – Auto da Índia*, 5ª edição, 12ª impressão), cotejada com edições avulsas, com base nos trabalhos de I. S. Révah e Paulo Quintela, e confrontada com os textos da *Compilação* de 1562 (publicada pelos editores Luís e Paula Vicente).

SUMÁRIO

I – Uma professora chamada Lola
1 Na sala dos professores 11
2 Incompreensão 16
3 Uma classe problemática 24
4 Mais problemas 29

II – Um garoto chamado Luís Alberto
1 Separação 39
2 Sentimentos complexos 47
3 Ação e reação 51

III – Um método especial
1 Confronto 59
2 Uma experiência diferente 64
3 Um encontro casual 67
4 Conversando sobre Gil Vicente 71
5 Voltando a falar de Gil Vicente 84
6 Terminando a análise da peça 91
7 Um acidente de percurso 97
8 Uma conversa difícil 101
9 A sequência da conversa 105
10 Tudo numa boa 111

IV – O auto do busão do inferno
1 Preparativos 117

2 A apresentação 126
3 Abrem-se as cortinas e começa o espetáculo 129

Epílogo 149

Outros olhares sobre *Auto da barca do inferno* 153

I

UMA PROFESSORA CHAMADA LOLA

• 1 •
Na sala dos professores

– Se vocês querem saber, não há turma pior que a do 1º A. É horrível. Detesto dar aula lá. Só de entrar naquela classe, fico estressada – disse com raiva a Neide, a professora de Biologia. Agitada como ela só e muito magra, por isso mesmo apelidada pelos alunos de "Barbie do Paraguai".
– Bem, eu não acho eles horríveis – observou o professor de Matemática, o Décio, um homem muito gordo, de jeito bonachão, que tinha uma quantidade enorme de apelidos: "Mamute", "Elefante", "Rolha de Poço" etc. –, é mais aquela turminha lá do fundo, formada pelo...
– Tato, o Wander, a Renata e a Soraya... – intrometeu-se na conversa o professor de Física, um homem alto, de olhos esbugalhados, apelidado de "Sapão". – Só enchem o saco. Conversam o tempo inteiro, não querem fazer as atividades. Mas comigo não brincam porque já entro na classe chutando a porta. Taco um zero pra quem fizer gracinha e mando logo pra fora!
A Neide deu um suspiro. Depois, balançou a cabeça e disse com indignação:
– E o pior de tudo é que ficam com essa mania de inventar apelido pra gente.

A professora, que achava que tinha um corpinho de *miss*, detestava ser conhecida como "Barbie do Paraguai".

– Nesse negócio de apelido – observou o Décio, caindo na gargalhada –, ganho de qualquer um. Sabe o último que me deram?

– Qual foi? – perguntou, já segurando o riso, o Oscar, que era o professor de Química. Ele tinha apelido de "Zé Carioca", porque, sendo do Rio de Janeiro, falava arrastando os "esses" e "erres".

– "Chupeta de Baleia!" – disse o Décio, caindo outra vez na gargalhada. – "Chupeta de Baleia", essa é boa! Essa garotada tem cada uma...

– Pois eu acho a maior falta de respeito! – protestou a Neide, voltando-se para ele. E ela completou, exaltada: – Você devia tomar uma atitude! Assim, você dá mau exemplo!

– Mau exemplo pra quem? – o Décio rebateu, muito pachorrento. E depois, com um sorriso de malícia, completou: – E olha que não tem um dia que não inventam um apelido novo pra mim...

– Você não se dá ao respeito e, depois, sobra pra gente – insistiu a professora Neide, irritada.

O Décio, sob os olhos espantados de alguns colegas, pegou dois pãezinhos numa travessa e passou bastante manteiga. Depois, encheu um copo grande de café com leite e, enquanto comia com muito apetite, disse:

– Dar-se ao respeito, Neide? Não sei se é por aí. O importante é que, com ou sem apelido, consigo levar os alunos numa boa. Tenho uma técnica infalível! – ele deu um sorriso malicioso. – Eles fazem aquela zoeira quando eu entro, ficam jogando papelzinho um no outro, conversando, berrando. De repente, eu digo: "Vamos começar o *show*?". Eles param com a bagunça no ato. Eu me ponho então a rebolar, cantando "rebola, rebola, bola", eles morrem de rir, cantam comigo, batem palmas, assobiam, me chamam de todos os apelidos possíveis... Vocês precisam ver como eles deliram com a minha *performance*. Mas quando digo "Gente, o *show* acabou, agora, vamos trabalhar", parece mágica: todos ficam quietinhos, vão abrindo o livro de exercícios, o caderno... E produzem que é uma beleza.

– Sei como deliram – disse o professor Oscar, ante o olhar de reprovação da professora de Biologia. – Escuto a bagunça até na minha classe.

– Como eu disse: é só acabar o rebolado – continuou o Décio – e eles ficam bonzinhos, bonzinhos, e então posso dar minha aula sossegado. Quanto aos apelidos – ele balançou o corpo grande, fazendo a cadeira estralar sob seu peso –, o que vou fazer se estou mesmo parecendo um "bujão de gás"?

Toda a sala de professores, com exceção da Neide e do João Carlos, caiu na risada. O Décio era mesmo muito engraçado. Desarmava qualquer um com suas tiradas, na maioria das vezes colocando-se como centro das gozações. Os alunos o adoravam. Todo final de curso, era escolhido como paraninfo. E nem mesmo no dia da entrega do diploma perdia a piada. Ao subir no palco, sob palmas e assobios, dava a rebolada costumeira, cantando "rebola, rebola, bola", e depois fazia um belo discurso, falando da grande alegria por ter tido o privilégio de lecionar para aquela classe e do mundo cheio de promessas que se abria diante dos alunos.

Tomando seu café acompanhado por uma bolacha, Lola, a nova professora de Português do colégio São Gonçalo, ouvia a conversa em silêncio. Como era engraçado o Décio! Gostaria de ser como ele: bem-humorado, de bem com a vida. Ela era diferente, sobretudo quando tinha de começar a lecionar numa classe nova. Ficava tensa, nervosa, ainda mais depois de saber com quem tinha de lidar. Ao ouvir que os alunos eram terríveis, sentiu um frio na barriga. E se não a aceitassem? E se não fossem com a cara dela? E se a ficassem comparando com a professora anterior?

"Lola, Lola", disse para si mesma, "quando é que você vai crescer?"

Nem preciso dizer que a professora Lola é muito nova. Baixinha, tem os cabelos pretos e curtos, os olhos castanhos de longas pestanas e o corpo miúdo e bem-feito. Deve ter lá seus 23, 24 anos, mas aparenta menos. Tanto é que, naquele primeiro dia de aula, quando passava pelo corredor em direção à sala dos professores, o inspetor cortou-lhe a passagem:

– Menina, aonde você vai?

Lola voltou-se, olhando o homem, espantada.

– Pra sala dos professores, ué.

Seu Armando, ou tio Armando, como carinhosamente os alunos o chamam, é um inspetor e tanto. Cuida dos alunos como se fossem seus filhos, mas é um terror com a disciplina. Como sabe que o regulamento do colégio proíbe que os alunos do São Gonçalo fiquem entrando na sala dos professores sem autorização, está sempre de olho.

– Posso saber o que a *senhorita* vai fazer lá? – perguntou com ironia.

– Bem, eu...

– Pode ir voltando pra classe, garota. As aulas começam daqui a pouco. Você não tem nada que fazer na sala dos professores.

Lola começou a rir.

– O senhor me desculpe, mas eu sou a nova professora de Português.

– Você?! Oh, mil perdões! A senhora?! Mas não parece. Me desculpa, onde já se viu? – todo atrapalhado, ele não sabia o que fazer. – Eu não ia adivinhar que uma menina como a senhora já fosse professora.

– Então, muito prazer. Meu nome é Lola – ela disse, segurando o riso e se dirigindo para a sala dos professores. Essa era a primeira dificuldade que Lola costumava enfrentar. As pessoas, por julgarem que ela fosse mais nova do que já era, tinham um juízo desfavorável quando ainda não a conheciam. Julgavam-na imatura. Mas de imatura ela não tinha nada. Era tímida, talvez bastante tímida, é bem verdade, mas sabia muito bem o que queria da vida, era voluntariosa e enfrentava o que tivesse de enfrentar com muita coragem. Os medos que tinha, ela os sufocava dentro de si. E dois tipos de medo a atormentavam. O primeiro era o de enfrentar uma classe nova, principalmente uma classe considerada problema. O segundo era ter de lidar com pessoas que não aceitavam seu modo de ser.

Mas será que posso chamar isso propriamente de medos? A Lola, afinal, não encarava qualquer desafio?

· 2 ·

Incompreensão

E por falar em desafio, nada melhor do que lembrar uma das primeiras experiências de Lola como professora, que, de certo modo, não foi nada boa. Não por sua culpa, mas devido à incompreensão de uma diretora insensível. Logo depois de se formar, Lola deu aulas em cursinhos e, mais tarde, por indicação de uma amiga, candidatou-se a uma vaga de professora de Português num pequeno colégio em Pinheiros. A escola chamava-se Ensinar Aprendendo. A proprietária, a dona Matilde, que também dirigia a escola, quando a recebeu para a entrevista, olhou-a com desconfiança.

– Mas você parece tão nova! Não me diga que já terminou a faculdade!

– No ano retrasado. Sou formada pela USP.

– Não parece. Quantos anos você tem?

Lola não gostou nada nada daquele tipo de interrogatório. Teria preferido que a diretora lhe fizesse perguntas sobre sua experiência, seus métodos de ensino.

– Vinte e três – respondeu, secamente.

– Puxa vida! Eu lhe daria, no máximo, dezoito.

Dona Matilde, como se ainda duvidasse da resposta de Lola, consultou os documentos à sua frente, para só depois disso perguntar:

– Muito bem. E quanto à sua experiência?

– Bem, dei aulas em cursinhos e cheguei também a lecionar num colégio.

– Durante quanto tempo?

– Mais ou menos uns três meses.

– Só? E por que saiu do colégio?

Lola hesitou um pouco antes de responder.

– Para ser sincera, não gostei do ambiente, do método de ensino, do jeito com que tratavam os alunos.

Dona Matilde aproveitou então para falar sobre as virtudes de sua escola, do revolucionário método de ensino adotado, das relações abertas, francas, que mantinha com os professores, com os alunos.

– Eu mesma fiz um curso de especialização sobre construtivismo – ela explicou, entusiasmada. – Procuro aplicar tudo que aprendi, o que há de mais moderno, nos cursos de nossa escola. Meus professores são obrigados a se aprimorar todos os anos, fazendo cursos de especialização.

Depois de falar por uns quinze minutos sobre suas qualidades como aluna e como diretora, ela concluiu:

– Tendo em vista a sua pouca experiência, proponho fazermos um contrato provisório neste semestre. Caso aprovada, como acredito que será, continuará conosco.

– Muito obrigada, eu...

Dona Matilde não a deixou concluir a frase e logo acrescentou:

– Mas aviso desde já que não poderei pagá-la como os demais professores, que são mais experientes que você...

Lola não gostou dessa última observação, mas, como estava ansiosa por começar a dar aulas num colégio, acabou aceitando. É que ela já vinha alimentando desde os tempos da faculdade um velho sonho: o de melhorar as relações entre o professor e o aluno. Na opinião dela, nas escolas, nem sempre essas relações eram boas. Por experiência própria, quando estudante, sabia que os melhores professores eram os que estabeleciam um diálogo franco com os alunos, que respeitavam opiniões e críticas. Os piores sempre lhe pareciam os que davam aulas aborrecidas, impondo conteúdos, ditando regras e conceitos. Lembrava-se especialmente de uma professora de Português do colégio que simplesmente chegava na classe, escrevia algumas estrofes de *Os lusíadas* na lousa e ordenava:

– Separem as orações e classifiquem uma por uma.

E ela fazia isso sem ao menos dizer os motivos, sem explicar as funções de uma oração subordinada, de uma coordenada, dentro de um poema. Lola sempre conseguia fazer a tarefa sem muita dificuldade, mas, como todo o restante da classe, começou a detestar Camões, porque o poeta escrevia de um jeito complicado demais, fazendo referências a nomes de heróis e deuses antigos que ninguém conhecia. *Os lusíadas* pareciam uma espécie de jogo complexo, feito apenas para desafiar os alunos com seus labirintos de versos, construídos com frases e orações que pareciam não ter fim.

Só alguns anos depois, com uma professora sensível da universidade, é que ela foi capaz de apreciar toda a beleza do poema e entender por que Camões se utilizava daquele tipo de sintaxe e de referências mitológicas. Mas essa descoberta só veio com o diálogo, com a atitude franca com que a mestra dava as aulas, procurando explicar o sentido de tudo e extrair dos alunos o melhor de cada um. Dona Eliane, a professora de Literatura Portuguesa, tinha sido a responsável por abrir os horizontes e alimentar as belas aspirações de Lola.

E, assim, baseada nas duas experiências de ensino, a inócua, que a fizera detestar Camões, e a significativa, que havia lhe aberto as portas para uma melhor compreensão da Literatura, Lola resolveu inovar. Inspirada pelas excelentes aulas da professora Eliane, pôs-se a aplicar um método de ensino que se baseava simplesmente no diálogo aberto com os alunos, na crítica construtiva, na participação intensa da classe em projetos didáticos.

Não demorou muito, começou a encontrar barreiras. Logo percebeu que os alunos estavam acostumados com um jeito muito rígido e convencional de aulas. Ao contrário do que dona Matilde havia afirmado, para sua surpresa, constatou que os professores eram obrigados a passar conteúdos predeterminados pela diretoria. Quando, no primeiro dia, Lola recebeu as apostilas feitas pela escola e percebeu que teria que ensinar só o que vinha naqueles cadernos, sentiu um grande desânimo. Isso porque, no espaço curto das aulas, teria que praticamente passar correndo por cima de conceitos importantes. E, assim, adeus, diálogo; adeus, críticas; adeus, projetos em conjunto com os alunos.

Como ela logo percebeu, as aulas se tornaram cansativas, os alunos faziam os exercícios mecanicamente, com a maior preguiça, parecendo tratar os conteúdos com indiferença, com desprezo. Por isso mesmo, Lola, achando que estava traindo seus ideais, resolveu passar por cima de tudo aquilo e promoveu uma mudança radical. Deixando de lado a apostila, trouxe para a classe textos diferenciados, que ela mesma imprimia do computador, em casa, e distribuía entre os alunos. Não demorou muito, as aulas ganharam colorido e vida. Mesmo que timidamente, os alunos começaram a questionar os novos textos, que eram sempre polêmicos, não só de grandes autores da Literatura, mas também de jornais e revistas.

Desse modo, ela costumava misturar o tradicional com o atual, para dar um retrato mais amplo de nossa realidade.

Do ponto de vista de Lola, era tão importante discutir a condição dos menores abandonados em *Capitães da areia*, de Jorge Amado, quanto a situação de menores drogados da Praça da Sé, de uma polêmica reportagem de jornal.

Mas um dia, para sua surpresa, foi chamada à sala da diretora, que, muito severa, lhe disse:

– Fiquei sabendo que você não vem seguindo a apostila e quero que me explique os motivos.

– Bem, se a senhora quiser minha opinião, acho que a apostila prende demais, não dando liberdade nem ao professor e nem aos alunos. Por isso...

– Mocinha, esta apostila foi elaborada pelos mais conceituados professores e com base nos métodos mais modernos que existem!

Lola não soube se lhe doía mais ouvir o pejorativo "mocinha" ou o elogio à péssima apostila, que, inclusive, continha graves erros de conceito. Mas procurou manter a serenidade e argumentou:

– A senhora me desculpe, não estou desmerecendo a apostila. Só penso que valeria a pena variar um pouco, introduzir novos textos, promover discussões entre os alunos.

– Contudo, você se esquece de que o vestibular está aí e que não temos tempo para perfumaria – disse a diretora grosseiramente, para depois continuar: – Você não pode esquecer que tem um determinado número de unidades pra passar aos alunos até o final do semestre.

Lola ficou sem saber o que dizer. A diretora aproveitou-se disso e deu-lhe um conselho final:

– E outra coisa: alguns pais vieram se queixar de que você vem se utilizando de textos impróprios em sala de aula. Essa coisa de falar de drogas, de promiscuidade, é muito perigoso. Deixe esses assuntos polêmicos pros especialistas e cumpra seu dever de professora de Português.

E qual é o dever de um professor de Português? Restringir-se a dar regras de acentuação e ensinar a dividir orações, ou ajudar as crianças a ver melhor o mundo por meio de um texto? Lola pensou em contestar dona Matilde, mas não fez isso, porque sabia que era inútil. Desse modo, depois de prometer que ia seguir a apostila à risca, voltou desanimada para suas aulas. Evidentemente, os alunos estranharam a outra Lola, que retomava as longas e chatas exposições, os exercícios, sem as discussões estimulantes a que ela os havia habituado.

E, como era de esperar, chegando no final do semestre, Lola foi novamente chamada à sala da diretora, que lhe disse que ela não havia sido aprovada no teste:

– Não nego que você tenha grandes qualidades, mas ainda é muito inexperiente. Por isso mesmo, não pôde entender nosso método revolucionário, as qualidades de nosso material de ensino.

Como Lola não era nada tola, tinha percebido que a história da apostila envolvia, na verdade, um grande negócio. Com essa estratégia, em vez de fazer com que os alunos comprassem o material didático, a própria escola o fornecia com as apostilas feitas por um grupo de professores da casa. E o pior ainda é que Lola veio a descobrir, com horror, que os textos, os exercícios das apostilas eram em sua maioria pirateados de livros! Não bastasse a qualidade duvidosa daquele material horrível, a escola ainda infringia uma regra elementar do direito autoral.

Quando dona Matilde a demitiu, Lola sentiu uma vontade imensa de dizer que a diretora não passava de uma hipócrita, que vendia gato por lebre e que pensava na escola somente como uma máquina de ganhar dinheiro fácil. Mas não disse nada disso. Não valia a pena. O que valeu a pena foi se despedir de alguns alunos mais sensíveis, de alguns colegas mais decentes e partir para outra. Afinal, o ensino não era formado somente de detestáveis e desonestas donas Matildes, de arapucas como aquele colégio Ensinar Aprendendo.

E assim, lá pelo mês de abril, atraída por um anúncio de jornal, ela acabou indo para o colégio São Gonçalo, que procurava urgentemente um professor de Português. Entre oito candidatos, foi a escolhida. Graças à conversa honesta que teve com a coordenadora da escola, a professora Odília. Ao contrário de dona Matilde, pacientemente ouviu Lola descrever os métodos de ensino que desejava aplicar, para depois concluir, abrindo um sorriso:

– Sabe por que gosto de gente jovem como você? Por causa desse seu entusiasmo. E, depois, acredito que os alunos precisam disso mesmo. De diálogo, de debates em sala de aula. Aqui, no São Gonçalo, não queremos professores e alunos passivos, cegamente obedientes a um método exclusivo.

E ela completou:

– Pena que tenha que pegar o barco andando. A professora anterior teve que nos deixar por problemas que não nos interessa discutir aqui. Mas acredito que você saberá como contornar a situação, não é? Como hoje já é quinta-feira, poderá assumir na próxima segunda. Assim, terá tempo para se programar.

A realidade, apesar das melhores intenções da coordenadora, mostrou-se outra, como Lola logo pôde observar: nem todos os professores tinham esse diálogo aberto com os alunos. A professora Neide era um bom exemplo. Apesar de dedicada, parecia de mal com o mundo e mantinha uma relação muito tensa com os alunos. Ou, ainda, o professor João Carlos, um estúpido, com a cabeça voltada apenas para o vestibular, sem a mínima preocupação com uma formação humanística. Segundo os alunos, a aula dele era uma das mais chatas de todo o São Gonçalo. A Física parecia desligada completamente da realidade, porque ele nunca explicava a função das fórmulas e exercícios que ia pondo na lousa com uma velocidade difícil de acompanhar. O negócio do professor João Carlos, como ele próprio dizia, era manter os alunos ocupados, para que não fizessem bagunça...

Mas, apesar disso tudo, não demorou muito para Lola perceber que teria naquela escola todas as condições para aplicar seus métodos de ensino. Ainda mais depois de descobrir que tinha plena liberdade de escolher o material de ensino, desde que cumprisse, é claro, a programação.

O problema era mesmo assumir a escola depois que as aulas já tinham começado, o que significava que teria pouquíssimo tempo para fazer um bom planejamento. Mas, como sabemos que Lola é muito aplicada, ela passou o fim de semana estudando feito uma louca, preparando e planejando as atividades docentes, de maneira que, na segunda-feira, estava pronta para começar.

Vamos voltar então no tempo para reencontrar Lola. Justo no momento em que ela ia enfrentar pela primeira vez a classe considerada problemática por alguns dos colegas.

• 3 •
Uma classe problemática

Quando Lola se dirigiu para o 1º A, já no corredor percebeu que os alunos faziam a maior algazarra, gritando, batucando nas carteiras. "Meu Deus do céu!", ela pensou, lembrando-se das conversas na sala dos professores. Será que ia ter que entrar chutando a porta, como havia recomendado o professor João Carlos? Ou rebolando, como o professor Décio costumava fazer?

Ela sorriu ante aquelas ideias absurdas. Nem uma coisa nem outra: ela devia ser ela mesma. Devia ter paciência, muita paciência, para, aos poucos, ir conquistando os alunos. Mas ser ela mesma logo se revelou um problema. Os alunos, vendo entrar aquela mocinha miúda, de óculos de aro dourado e muito tímida, talvez por pensarem que fosse uma nova aluna, nem lhe deram confiança, e continuaram com a bagunça.

Lola então pôs seus livros, o diário sobre a mesa e, batendo palmas, disse:

— Pessoal do primeiro ano, eu queria a atenção de vocês.

A classe parou instantaneamente com a bagunça e fitou curiosa aquela pessoa atrás da mesa, que parecia tudo, menos uma professora.

– Bom dia! Sou a nova professora de Português. Meu nome é Lola.

Todos olharam espantados para ela, até que um aluno da turma do fundão quebrou o silêncio com uma observação divertida:

– Nova professora? Pensei que fosse uma nova garota no pedaço.

A classe caiu na gargalhada. Lola olhou para o autor da frase. Era um garoto moreno, bastante alto, com um ar um pouco insolente. Ele estava com um boné quase tapando os olhos e sentava-se de um jeito meio desleixado, com as pernas esticadas para a frente.

– Antes de tudo, eu gostaria de pedir que você tivesse a gentileza de tirar o boné, o que deve valer para todos os outros – ela respondeu, fechando a cara, mas logo se corrigiu dando um sorriso e completando: – E, depois, também gostaria que você se apresentasse. Afinal, a gente ainda não se conhece, não é?

Muito relutante e ainda sem deixar o ar insolente, o aluno tirou o boné e pôs debaixo da carteira.

– Então, você não vai se apresentar? – ela insistiu.

Ele hesitou um pouco, deu um sorriso e acabou dizendo:

– Eu sou o Luís Alberto, mas pode me chamar de Tato ou de Poste.

– Poste?! – perguntou Lola, entre intrigada e divertida.

– Levanta, Poste! Levanta! – a classe começou a gritar.

Com aquele sorriso maroto, o garoto levantou-se de um modo vagaroso. Muito magro, tinha uma altura bastante elevada.

"Nossa, como ele é alto!", espantou-se Lola.

– Ah, entendi por que você é conhecido por Poste – disse ela, não conseguindo conter o riso. – Mas, por favor, pode sentar, não quero que você quebre o forro com a cabeça.

A classe caiu de novo na gargalhada.

– Muito bem! Conheci o Poste. E os outros? Não vão se apresentar?

Um garoto magro, usando óculos com grossas lentes de grau, a cara cheia de espinhas e marcas de varíola, levantou--se e disse:

– Eu sou o Wander, também conhecido como Coruja.

– E como *The dark side of the moon** – gritaram vários colegas em conjunto.

– *The dark side of the moon* é a mãe! – ele protestou, sentando-se.

Ante a expressão intrigada de Lola, os alunos se apressaram a explicar:

– Por causa das crateras na cara dele, profe...

Foi a vez de um loiro muito forte, de cabelos compridos, se levantar, erguendo os braços musculosos e bradando:

– Eu sou o Henry e eu tenho a força!

– He-Man! He-Man! – a classe gritou, exultante.

E, assim, os alunos se apresentaram, a maioria dizendo o nome e o apelido – Verme, Lacraia, Bonequinha, Scooby, Moranguinho, Mortícia, Cebolinha, Japa Girl etc. Contudo, Lola reparou que, enquanto alguns se divertiam com aquele jogo, outros simplesmente o odiavam. De maneira geral, isso acontece nas escolas e em algumas instituições. Os apelidos, quando não ofensivos e quando aceitos pelos envolvidos, ajudam bastante na socialização. Quando, porém, são ofensivos, humilham, machucam e, desse modo, devem ser categoricamente evitados. Tendo isso em mente, Lola refletiu que, se pretendia brincar com os alunos, chamando-os pelos apelidos, devia

---

* *The dark side of the moon* (*O lado escuro da lua*) é o título de uma das músicas da banda de *rock* Pink Floyd.

também tomar cuidado para não ofender aqueles que não gostavam disso.

E, no que dizia respeito a ela, que apelido lhe dariam? Mas Lola não perdia por esperar. Uma semana depois, era conhecida, entre os alunos, pelos graciosos apelidos de "Chaveirinho", "Pintora de rodapé", "Anã gigante"...

Contudo, no presente momento, depois de deixar os alunos à vontade com as apresentações, começou a aula, falando do programa e do método de ensino que desejava aplicar. Quando deu a entender que os alunos teriam que participar nos debates, nas discussões, a Soraya, que pertencia à turma do fundão, achou de protestar. Ela levantou o braço e, sempre mascando chicletes e fazendo uma bola atrás da outra, observou com a voz mole:

– Ah, profe, que chatice! Quem tem que dar aula é a senhora e não a gente!

A Soraya tinha o cabelo liso, curto, com uma franjinha que tapava um dos olhos, e tingia-o com uma tintura mais negra que a asa de um urubu; usava munhequeira, colar de bolinhas, cinto de rebite, chaveirinhos, maquiagem exagerada e vários *piercings* nos lábios, no nariz, na orelha. Fazia parte da tribo dos *emos*. Era muito magra, com as pernas finas, semelhante a uma conhecida ave pernalta. Não sei se foi por um motivo ou por outro, mas o fato é que recebeu o apelido de "Ema".

– Fecha a tampa, Ema! Fecha a tampa! – os alunos gritaram exaltados, enquanto ela respondia falando um palavrão.

Lola logo se deu conta de que a tal da Soraya não era muito popular na classe. E ela tinha mesmo um jeitinho desagradável, agressivo. Mas, como não queria prejulgar ninguém, ainda mais no primeiro dia de aula, pacientemente explicou que ninguém ia dar aulas em seu lugar e que o que desejava era que os alunos também colaborassem, mostrando seu potencial criativo.

– Mas a dona Lúcia não fazia assim – insistiu ainda a Ema.

– Acontece que eu não sou a dona Lúcia – rebateu Lola no ato.

Os colegas reagiram a mais esse fora da Soraya com o já tradicional "fecha a tampa, Ema".

De modo geral, a classe, ainda que olhando desconfiada para Lola, acompanhou o restante das suas explicações em silêncio. Só o famoso grupo do fundão é que parecia adotar uma atitude de indiferença, como se tudo aquilo que ela dissesse não tivesse a menor importância. Mas o pior era mesmo o tal de Tato. Quase deitado na carteira, fitava Lola com um olhar desafiador, quando não se voltava para conversar com os colegas quase em voz alta, rindo e meio que escarnecendo dela.

Com isso, Lola desconfiou que o nó da questão estava naquele garoto. Parecia o líder natural da classe. Se conseguisse conquistá-lo... Esse talvez fosse o seu grande desafio.

Dado o sinal, a aula terminou. Lola suspirou aliviada. A experiência não tinha sido tão ruim assim e a classe não era horrível, como havia afirmado a Neide. Havia nela alunos interessados. Mas, de todo modo, sabia que tinha uma pedreira pela frente. Uma pedreira chamada Luís Alberto, mais conhecido como Tato ou Poste.

E, como todo poste, ele parecia querer estar acima de tudo, com o maior desprezo pelos simples mortais...

• 4 •

Mais problemas

Lola deixou a escola, que ficava na rua Emília Marengo, no Tatuapé, e já que não tinha carro seguiu na direção do metrô. Depois, teria que descer no Paraíso, onde morava, com a mãe viúva, num pequeno apartamento. Ela parecia um pouco tensa, pois mostrava rugas na testa, sinal de alguma preocupação. Seria preocupação com as próximas aulas? Afinal, no dia seguinte, iria ensinar em turmas do Ensino Fundamental. Tanta matéria diferente – gramática, redação, literatura brasileira e portuguesa – exigiria dela muita dedicação. E como Lola sempre foi aplicada até demais, talvez isso constituísse motivo de alguma aflição.
Mas desconfio que há outra coisa perturbando a garota. Entrando no íntimo de Lola, vamos arriscar uma hipótese: quem sabe não seja algo relacionado ao mundo das emoções, do amor? Acredito que seja isso mesmo. Lola é bonita, dedicada ao que faz e inteligente. Qualquer uma dessas qualidades, isolada, com certeza acabaria por despertar o interesse de um homem, ainda mais todas juntas.
Lola tem efetivamente um namorado. Ou melhor, tinha, porque, alguns meses atrás, resolveram dar um tempo.
Eles se conheceram na época em que eram estudantes na USP. Ela fazendo Letras e ele, Economia. Conheceram-se,

por acaso, num dos restaurantes do *campus* da universidade. O rapaz, chamado Arthur, logo se sentiu atraído por aquela baixinha morena, tímida, que mal erguia os olhos do prato. Ele, ao contrário dela, muito confiante e nada tímido, tinha dito ao colega que o acompanhava:

– Gostei da baixinha, vou bater um papo com ela.

Pedindo licença e sentando-se na frente da Lola, começou a conversar sem a menor cerimônia. Disse que fazia Economia e que, depois de formado, pretendia fazer uma pós--graduação e trabalhar com o pai, que era dono de uma grande indústria.

Evidentemente, Lola ficou muito espantada com aquele papo. Por que aquele garoto, que, aliás, era bem bonito, vinha puxar conversa com ela e contar toda sua vida? Justo com ela, que nem lhe tinha dado bola?

– E você? O que faz? – Arthur perguntou, afinal.

– Letras.

– Letras?! – ele exclamou, como se ela dissesse que vivia no mundo da lua.

– Letras, Português-Inglês.

– Gosta de línguas?

– Mais ou menos, gosto mais de literatura.

– Literatura?! Que coisa, hein?

– Que coisa por quê? Você não gosta de ler?

– De ler até que gosto. Já li uma pá de livro. Mas ter que estudar Literatura..., falando francamente, acho um saco.

O leitor e a leitora já puderam ver que os dois são bem diferentes. Arthur é mais prático, mais objetivo, mais atirado. Lola é mais sensível, emotiva, tímida. E por que se sentiram atraídos um pelo outro? Lola sentiu uma emoção diferente ao conversar com aquele garoto falante, que tinha opinião sobre tudo. Arthur, por sua vez, havia se encantado com o jeito meigo, aparentemente dócil da garota. Tanto é assim que, depois de marcar um encontro num barzinho na Vila Madalena, já estavam namorando.

Meu caro leitor, minha cara leitora, na vida, às vezes, isso acontece: os opostos podem se atrair muito bem e produzir uma liga excelente. Lola é mesmo uma garota excepcional, porque tem o maravilhoso hábito de saber escutar, de saber respeitar a opinião do próximo, sem perder as próprias convicções. Arthur também não fica atrás: tem excelente caráter, sabe o que quer e é honesto em seus princípios. Durante o namoro, eles discutiam muito, mas geralmente em tom amigável. Lola ouvia as opiniões de Arthur e, quando não concordava, defendia com veemência seus pontos de vista. Arthur, por sua vez, ainda que fosse um pouco teimoso, sabia reconhecer quando estava errado, dando o braço a torcer.

Com o tempo, principalmente depois que se formaram e começaram a trabalhar, Lola foi descobrindo que, por trás de toda a segurança de Arthur, se escondia, às vezes, uma pequena fraqueza. E, como ela tinha aprendido a ler e interpretar textos muito bem, sabia encontrar essas fraquezas, o que, às vezes, deixava Arthur bastante desconcertado. Ela fazia isso não por maldade, mas só porque procurava defender os pontos de vista que considerava sagrados para sua vida.

Um desses pontos de vista era a questão da profissão. Arthur achava que, se um dia viessem a se casar, como, aliás, era o sonho deles, ela deveria reduzir a carga de trabalho. Porque ele, com certeza, ia ganhar mais do que o suficiente para os dois.

– Como assim? Por que tenho que diminuir minha carga de trabalho? – Lola retrucou espantada, quando o namorado veio com essa ideia, que lhe pareceu absurda.

– Ora, você devia fazer só o curso de pós e dar uma aula ou outra por prazer. Essa mania que você tem de ficar corrigindo prova e preparando aula até em fim de semana não tem sentido.

– Tem sentido porque quero fazer as coisas bem-feitas. Preparar aulas e corrigir provas exigem muito cuidado, atenção.

– Por isso mesmo, você deve diminuir a sua carga de trabalho.

– E vou viver de quê? – ela perguntou, dando um belo sorriso. – De brisa?

Arthur a abraçou e beijou. Então disse:

– Do que eu ganhar, meu amor.

Lola fechou a cara e ficou um instante em silêncio.

– O que foi, amor? – Arthur perguntou, sacudindo a namorada.

– Se você quer saber, não gostei muito do que disse.

Ele deu uma boa risada.

– Ora, estou dizendo a verdade. Afinal, o salário de professor é mesmo uma droga.

Na hora, ele se arrependeu do que tinha dito. Lola fugiu ao abraço do namorado e falou com severidade:

– Pode ser uma droga, mas gosto do que faço. E se você me ama, como diz que me ama, devia ao menos respeitar minhas escolhas, como respeito as suas. Imagine se eu lhe dissesse que acho um horror você passar o tempo mexendo com números, contas.

Ficaram um instante em silêncio, até que Arthur se desculpou:

– Não fica assim, meu amor, não quis dizer por mal. O que eu acho é que vocês professores trabalham demais e não são devidamente recompensados.

– Mas esse fato não é motivo pra você me dizer isso com tanto desprezo. E tem outra coisa: se um dia a gente se casar, quero ter minha independência, inclusive financeira!

Arthur ouviu tudo calado, porque, além de saber que tinha pisado na bola, também sabia que perdia qualquer discussão que tivesse com Lola. Que surpresa a sua ao reconhecer a inteligência, a rapidez de raciocínio da namorada! E ele que havia pensado que ela era dócil... Reconhecia agora que ela era tão dócil quanto uma gata brava quando acuada por um cachorro feroz!

Mas a situação não se resolveu com essa primeira discussão. Logo tiveram outras. E quase sempre pelo mesmo motivo. Arthur queria fazer um programa num determinado fim de semana, e Lola nem sempre estava disponível. "Por causa das malditas aulas ou das malditas provas!", ele pensava, irritado.

E isso era verdade. Arthur telefonava do escritório numa quinta, contando todo entusiasmado que tinha comprado ingressos para um *show* do Jota Quest na sexta. Com desgosto, ouvia a namorada dizer do outro lado da linha:

– Tuco – essa era a maneira carinhosa com que ela o chamava –, acho que não vai dar. Tenho um montão de coisas pra corrigir.

– Mas é sexta-feira, Lólis! – essa era a maneira carinhosa com que ele se dirigia a ela.

– Se não faço isso na sexta, não posso sair no sábado.

– Puxa vida, amor. Foi tão difícil conseguir os ingressos!

– Sinto muito, meu bem. Mas eu já tinha avisado você.

Com raiva, o namorado desligava o telefone. "Que droga! Sempre essas malditas provas!"

Como a coisa se repetia, um dia, num encontro na casa dela, um Arthur muito irritado disse umas coisas duras para Lola:

– Você pensa mais nos seus alunos do que em mim – ele observou, com uma pontinha de ciúme.

– Você está sendo injusto – ela retrucou, nervosa.

– Como injusto? Quero sair com você, e você nunca pode.

– Não posso nos horários que você sempre escolhe.

– Ainda se fosse pra fazer alguma coisa... – Arthur não completou a frase, porque percebeu que ia falar uma estupidez. Mas já era tarde: Lola pegou no ato o que vinha na fala interrompida.

– Alguma coisa melhor? E não uma coisa estúpida, idiota?! Você quer dizer isso, não é?

– Desculpe, não quis...

– Quis sim, Arthur!

Epa, quando ela não o chamava de Tuco é porque a coisa estava fervendo. Cansado da discussão e irritado porque ela não dava o braço a torcer, ele disse:

– Está bem, foi isso mesmo o que eu quis dizer. Acho que você me troca por uma coisa estúpida e sem sentido. O amor está acima de tudo. Se você efetivamente me amasse, não me trocaria por umas aulinhas e umas provas estúpidas!

Lola, procurando segurar as lágrimas, disse:

– Arthur, acho melhor você ir embora. Não estou disposta a ouvir desaforo.

E, assim, eles resolveram dar um tempo. Arthur saiu da casa da namorada praguejando e de mal com o mundo. Na rua, partiu com os pneus do carro cantando e, num cruzamento, quase bateu num ônibus. De raiva, esmurrava o volante, enquanto gritava:

– Droga! Droga!

Lola, por sua vez, ao se ver sozinha, começou a chorar. Era muita incompreensão por parte dele. "Eu não mereço isso!", refletiu, enxugando as lágrimas. Ela estava confusa. Como gostava muito de Arthur, acabava ficando na dúvida. E se ele tivesse razão? E se ela estivesse mesmo sacrificando uma relação muito boa por causa da profissão? Será que não devia ceder?

Pensando nisso, ela pegou o telefone, disposta a conversar, mas evidentemente o Arthur não havia chegado em casa. Lola esperou um pouco, contando os minutos. Ligou novamente. Informaram-lhe de novo que ele ainda não havia chegado. Ela pôs o fone no gancho. Por dentro, sentiu-se aliviada. Sabia que ia ter de ceder. E ceder naquilo que achava certo havia de lhe custar muito. Por isso, não voltou a ligar. E, quando o telefone tocou repetidas vezes, se recusou a atender. Com certeza era o Arthur. Sorte dela que a mãe não estava em casa. Senão, seria quase obrigada a atender. E para dizer o quê, afinal? Que não concordava com o ponto de vista dele?

No dia seguinte, ao voltar da escola, a mãe lhe disse:
– Seu namorado ligou umas três vezes.

Puxa vida, ele se esquecia de que, justo naquele dia, ela tinha reunião na escola? Esse suposto esquecimento do Arthur serviu para Lola justificar ainda mais ter rompido com ele.

Mas esse pensamento não serviu para deixá-la melhor. Foi com tristeza que se entregou ao trabalho ainda com mais intensidade. Aí, aconteceu a sua dispensa do Ensinar Aprendendo, com a raiva imensa e a humilhação que sentiu. E não tinha ninguém com quem desabafar. Havia sua mãe, é claro, que se solidarizou com ela. Mas tinha certeza de que gostaria mesmo era de desabafar com o Arthur. Pensou em ligar para ele, mas o orgulho falou mais alto.

Veio sua contratação pelo São Gonçalo. A empolgação pela nova escola, por saber que podia agora aplicar os métodos de ensino com que sonhava, tudo isso a distraiu, fazendo-a se esquecer momentaneamente de Arthur. Mas, volta e meia, a imagem dele vinha perturbar seus sonhos.

"Ah, será que eu não fui precipitada? Por que não dei uma chance pra ele?", ela pensava tristemente, enquanto fazia sua caminhada do colégio até o metrô.

II

UM GAROTO CHAMADO LUÍS ALBERTO

• 1 •
Separação

Vamos deixar a professora Lola com seus problemas por um instante e voltar nossa atenção para outra personagem muito importante nesta história: o Luís Alberto, ou, como querem os mais íntimos e amigos, Tato. Para começo de conversa, acho melhor deixar de lado seu apelido da escola. Francamente, tratar uma personagem como "Poste" não soa lá muito bem.

Pelo pouco que falei do garoto, o leitor e a leitora já devem ter deduzido alguma coisa a respeito dele. Mas, para continuar esta história, seria melhor a gente conhecê-lo um pouco mais. Deixando de lado o seu aspecto físico, a sua aparência, vamos nos concentrar mais em seu caráter, em seu modo de ser.

Como vimos, o Tato parece não ser muito amigo dos estudos, da escola, dos professores. Mais ainda: tem um jeito insolente, gozador, que o indispôs com quase todos os professores do São Gonçalo. No pouco tempo que frequentou o colégio, já que veio transferido de outra escola, recebeu algumas advertências e chegou até a levar uma suspensão.

Isso tudo por sempre chegar atrasado, por não cumprir com suas obrigações e sobretudo por sua rebeldia, por sua irreverência.

O leitor e a leitora evidentemente devem estar refletindo que o garoto está sofrendo daquela doença mais comumente conhecida por "adolescite aguda". Os sintomas dessa doença podem ser resumidos pelas atitudes rebeldes e por algumas frases, entoadas por adolescentes de qualquer lugar do mundo e que refletem um estado de espírito bastante específico: "Ninguém me entende", "Por que estou sempre errado?", "Por que sempre me obrigam a acordar cedo?", "Por que não posso ficar jogando *videogame* até quando quiser?", "Por que sou obrigado a ir pra escola?", "Por que todos os professores são chatos?" etc. etc. Uma sucessão de perguntas para as quais nunca encontram uma resposta. E quando pensam ter encontrado a melhor resposta é porque não são mais adolescentes nem sofrem mais dessa doença.

Mas o caso de nosso amigo tem suas complicações, o que serve para acentuar ainda mais os sintomas da "adolescite aguda". Acontece que ele vive um drama familiar, hoje em dia mais ou menos comum. Seus pais, há coisa de uns dois anos, se separaram, e o Tato, filho único, sentiu bastante o golpe.

Evidentemente, as separações costumam ser traumáticas. Para o marido, para a mulher e para os filhos. É bem verdade que alguns garotos e garotas conseguem suportar bem esse golpe de o pai, de repente, sair de casa. Difícil explicar o porquê. Os fatores são muitos e bastante complexos. Alguns jovens são mais fortes, psicologicamente falando, sabem lidar melhor que outros com esse tipo de problema.

No entanto, de modo geral, o mais comum é o jovem sentir o golpe sob a forma de uma sensação de perda, de abandono, que tem suas consequências: a autoestima afetada, a revolta contra o pai, contra a mãe, contra o mundo e, sobretudo, contra a escola. É nesse espaço de convivência forçada com outros garotos e garotas que o jovem "abandonado" vai experimentar ainda mais a sensação de perdido no espaço. E, em reação a isso, desconta em quem está por perto ou se revolta com quem tenta demonstrar alguma espécie de autoridade sobre ele.

É preciso que se diga que, em princípio, nenhum pai deixa a família com o fim específico de abandonar os filhos. Muitas vezes, há mesmo sérios conflitos entre marido e mulher, e a solução é a separação, que acaba sendo traumática também para os próprios pais. Um dos membros do casal se vê sozinho para cuidar da casa, dos filhos; o outro se vê distanciado dos filhos com quem sempre conviveu e obrigado a visitá-los somente nos fins de semana.

O Tato está vivendo atualmente esse drama, essa sensação de perda, de abandono, pois ainda não se recuperou do trauma da separação dos pais. Desde o dia em que soube que o pai não voltaria mais para casa, sofreu uma grande modificação. Se, antes disso, saía-se razoavelmente na escola, graças à inteligência privilegiada, depois ele relaxou de vez. Mas a questão não era só não querer saber de estudar e cabular aulas. Também se tornou o rei da bagunça, sempre se metendo em confusões e deixando os professores malucos. Em casa, mal conversava com a mãe, que, a cada advertência que o filho recebia da escola, exclamava:

– Estou ficando louca! Não sei mais o que fazer com você!

Em seguida, pegava no telefone e ligava para o ex-marido, que se chama Jaime. Dizia então que ele era omisso, que só pensava em mandar o dinheiro da pensão, que se esquecia que tinha um filho adolescente etc. etc.

O Jaime, que costuma viajar muito, raramente vê o filho. Mesmo quando ainda não estava separado da Débora, pouco permanecia com a família. Ele era do tipo conhecido por *workaholic*. Ou seja, uma pessoa "viciada em trabalho", que pensa em trabalho vinte e quatro horas por dia e que acha que o ócio e o descanso não passam de perda de tempo e de dinheiro. Por isso, nunca deu muita atenção ao filho. A separação da Débora foi consequência de um casamento mal planejado e feito entre pessoas que não combinavam muito bem entre si. Como numa solução química feita às pressas e com elementos incorretos ou em proporções inadequadas, o resultado não foi nada bom.

Podemos resumir o casal da seguinte forma: Débora é uma mulher insegura, frágil e que dependia muito de Jaime. O Jaime, por sua vez, mais seguro, tem o defeito do egoísmo. Talvez até considerasse a carreira mais importante que a própria família. O que é um contrassenso, porque não se entende uma carreira dissociada da família. O ideal numa relação é que tanto o homem quanto a mulher pensem na família e na carreira como indissociáveis. Ou seja, uma depende da outra, o sucesso de uma é decorrência do sucesso da outra.

Mas esse não era evidentemente o caso do Jaime. A carreira lhe parecia mais importante que tudo. O resultado foi o casamento desfeito e o distanciamento do filho.

Voltando ao Tato. Como já disse, ele sentiu bastante o golpe. Se o pai era um ausente quando ainda vivia em casa, pelo menos se tornava presente em alguns poucos momentos: quando comiam juntos, quando assistiam a jogos na TV ou quando davam raros passeios em família. Se o Jaime soubesse como eram importantes esses momentos em que somente a sua presença física se impunha ao filho...

Depois da separação, nos primeiros tempos, o Jaime respeitou o acordo de se verem nos fins de semana. No sábado pela manhã, passava para pegar o Tato, que o aguardava ansiosamente. Quando o garoto entrava no carro, beijava-o e perguntava:

– Oi, filhão, aonde combinamos ir mesmo? No zoológico?

– Não, pai, já fomos no zoológico na semana passada – respondia o Tato, dando um suspiro.

– Puxa vida, tinha me esquecido. Então, aonde você quer ir?

– Qualquer lugar – dizia Tato, chateado, porque se lembrava nitidamente que haviam combinado de ir ao Hopi-Hari.

– Qualquer lugar é lugar nenhum, garotão. Escolha o lugar que quiser, que o papai te leva. Hoje, tenho todo o dia reservado pra você.

Mas o passeio se restringia à ida a um *shopping* escolhido ao acaso. Eles davam umas voltas olhando as vitrines, entrando em lojas de *games*, onde o garoto, não parecendo muito à vontade, escolhia um jogo qualquer, sob muita insistência do pai, que se esquecia de que ele não era mais uma criança. Em seguida, iam até a área de alimentação, comer um lanche acompanhado de fritas e refrigerante. Enquanto Tato comia, Jaime, parecendo impaciente, olhava para o relógio o tempo inteiro ou interrompia de repente uma conversa, porque o celular tocava:

– Um instantinho, filhão.

E, esquecendo do Tato, falava durante muito tempo, às vezes dando ordens, outras vezes discutindo com veemência. De repente, desligava o celular e dizia:

– Desculpa, Tato, mas teve um rolo no escritório e preciso ir lá resolver.

Depois, como os negócios se tornassem complicados, obrigando Jaime a viajar para o exterior, ele começou a faltar a alguns encontros de fim de semana. Telefonava para o filho, explicando os motivos:

– Infelizmente, preciso ir pra Miami, por isso vamos ter de cancelar a nossa ida até a praia. Como compensação, o que quer que o papai te traga de presente?

O Tato ficava mudo, e o pai insistia:

– Vamos, diga o que quer. Um avião? Um barco?

Sem esconder a decepção, ele resmungava que queria um barco de controle remoto, como poderia ter escolhido também o avião. O pai se esquecia e lhe trazia um avião, que Tato jogava no fundo do armário, sem mesmo abrir a caixa. Se o pai, pelo menos, passasse para levá-lo ao Parque do Ibirapuera para ambos fazerem o avião voar... Mas nem isso podia pedir, porque talvez ouvisse a resposta a que já estava acostumado:

– Vamos ver, vamos ver. Se o papai tiver tempo nesse fim de semana, vamos lá pôr esse avião para voar.

Mas o pior é que o pai, de repente, deu de se esquecer de alguns encontros. Num sábado, Tato esperou muito por Jaime até que uma secretária ligou, dizendo que tinha acontecido uma viagem de última hora. E o pior foi num outro sábado que ninguém ligou.

Até que o próprio Tato começou a dar desculpas para não se encontrar com o pai. Ora ia participar de um campeonato de futebol, ora tinha que terminar um trabalho para a escola.

– Tá bom, tá bom, filhão, então a gente se vê na semana que vem – dizia o pai, num tom de voz que parecia demonstrar alívio.

Às vezes, parecia bater um remorso em Jaime e ele então ligava durante a semana mesmo. Perguntava rapidamente como o filho ia nos estudos, fazia uma brincadeira sem graça, perguntando se ele já tinha namorada, e terminava dizendo:

– Precisa de alguma coisa? De grana? Se precisar, é só dar um toque. O seu banco aqui nunca vai lhe negar crédito.

Tato odiava ouvir essa piadinha repetida em quase todos os telefonemas. Por isso mesmo, jurou que jamais ia fazer esse tipo de "empréstimo". Daquele banco só queria distância. Na verdade, ele precisava de outro tipo de auxílio, sobre o qual não tinha coragem de dizer ao pai, e que o pai não tinha sensibilidade para adivinhar.

Com o passar do tempo, Tato pareceu ficar indiferente diante da ausência de Jaime. Se, às vezes, ainda saíam juntos, pouco tinham a dizer entre si, e o assunto era sempre o mesmo: sua *performance* na escola.

– Você tem estudado?

– Mais ou menos.

– Sua mãe me disse outro dia que você anda matando muita aula – Jaime dizia em um tom mais severo.

Tato dava de ombros. O pai dava-lhe um tapinha nas costas e brincava:

– Seu maroto... – mudando o tom rapidamente, completava: – Mas tome cuidado pra não ser reprovado. Não pago a escola pra que fique matando aula. E você já está na idade pra ter responsabilidades.

"Então, não paga mais a escola", Tato pensava com raiva, mas não dizia nada. Dizer o quê, se não tinha o que dizer ao pai?

Era como se Tato nada mais sentisse em relação a Jaime. Mas a verdade era bem diferente. O que Tato sentia em relação ao pai estava muito bem guardado dentro dele. Mesmo quando ouvia Débora descarregar a raiva pela omissão de Jaime, não falava nada, como se aquela história não lhe dissesse respeito.

Tato via-se como um órfão, mas um órfão que parecia não sentir muita saudade do pai que tinha perdido. Mas a verdade era outra. Essa aparente indiferença e frieza de Tato encobriam sentimentos muito complexos que interferiam em sua vida e em sua relação com o próximo, como já pudemos ver nesta história.

• 2 •
Sentimentos complexos

Já disse que o que Tato mostrava por fora não era o que lhe acontecia por dentro. É claro que ele sentia falta do pai. Não propriamente daquele pai ausente, mas de um pai que fosse presente, que lhe servisse de exemplo, do qual pudesse se orgulhar, que o estimulasse e que se orgulhasse dele. Ao mesmo tempo, ele considerava o seguinte: do que o pai podia se orgulhar em se tratando dele, seu filho? O que ele tinha feito até então que merecesse algum elogio? O pai, inegavelmente um homem de sucesso em sua carreira, sem que Tato soubesse disso, era uma sombra muito grande, que exercia uma pressão poderosa sobre a sua jovem, instável e imatura personalidade.

Quanto à mãe, não vou dizer que as relações com ela não fossem boas. Tato gostava muito de Débora, e Débora, por sua vez, adorava o filho. Mas ela era uma mulher meio problemática devido à sua insegurança. Havia casado muito cedo e, durante todo o casamento, tinha vivido sob a tutela de Jaime. Depois da separação, havia arrumado emprego e voltado a estudar, o que servia para alimentar sua autoestima. Em compensação, ficava muito tempo longe do filho, o que a impedia de ver nitidamente o que se passava com ele.

Tanto era assim que, para qualquer sinal de crise na relação entre ela e o filho, Débora tinha sempre o mesmo diagnóstico:

– Não suporto mais. Eu ainda vou ficar louca. É tudo culpa deste seu pai, que é um omisso.

Pegava o telefone, ligava para o Jaime e cobrava dele que viesse visitar o filho, que o Luís Alberto estava ficando traumatizado etc. Em outro momento, aconselhada pela coordenadora pedagógica da escola, levou o Tato a uma psicóloga. Tentou em vão que Jaime os acompanhasse. O ex-marido dizia sempre que não tinha tempo.

– Pro maldito trabalho sempre tem tempo, já pro filho, não! – ela protestava, batendo o telefone com raiva.

E, sob a ação dessas forças todas, como é que Tato reagia? De maneira geral, fechando-se em seu pequeno mundo. Um mundo de ilusão, de fantasia. É que, naquela época, ele havia começado a gostar de ler. Se detestava estudar, pelo menos descobriu que sentia um prazer imenso em viajar nas asas de uma boa aventura. Até então, tinha lido, sem muita vontade, os livros indicados na escola; depois, estimulado pelos filmes, leu toda a saga de *O senhor dos anéis* e do garoto mágico *Harry Potter*. Em seguida, devorou toda a coleção da Agatha Christie, as aventuras de Sherlock Holmes, do 007, os contos de mistério de Edgar Allan Poe.

Nesses livros, ele encontrava tudo o que não encontrava em sua vida: ação, mistério, fantasia, amor, amizade, heroísmo. Num determinado instante, quase por acaso, pegou na biblioteca da escola um livro com poesias de Fernando Pessoa. De início, leu meio aborrecido, porque não conseguia entender os poemas. Até que, sem saber muito bem por que, um deles lhe chamou bastante a atenção. Não tinha título e era assim:

Chove? Nenhuma chuva cai...
Então onde é que eu sinto um dia
Em que o ruído da chuva atrai
A minha inútil agonia?

Onde é que chove, que eu o ouço?
Onde é que é triste, ó claro céu?
Eu quero sorrir-te, e não posso,
Ó céu azul, chamar-te meu...

E o escuro ruído da chuva
É constante em meu pensamento.
Meu ser é a invisível curva
Traçada pelo som do vento...

E eis que ante o sol e o azul do dia,
Como se a hora me estorvasse,
Eu sofro... E a luz e a sua alegria
Cai aos meus pés como um disfarce.

Ah, na minha alma sempre chove.
Há sempre escuro dentro de mim.
Se escuto, alguém dentro de mim ouve
A chuva, como a voz de um fim...

Quando é que eu serei da tua cor,
Do teu plácido e azul encanto,
Ó claro dia exterior,
Ó céu mais útil que o meu pranto?

Sem compreender muito bem o significado completo de
todo o poema, Tato sentiu algo estranho ao lê-lo, como se

ele se identificasse com o que dizia Fernando Pessoa. Mas o que o poeta queria dizer com "Chove? Nenhuma chuva cai...", se o céu, segundo o poema, era todo azul? Na verdade, Tato não podia entender o seguinte paradoxo: o que o poeta queria dizer é que enquanto no mundo real era tudo azul, dentro dele chovia. Ou seja, a chuva era sinônimo da grande e indefinida tristeza que o sujeito trazia dentro de si. Mas o sentimento de tristeza em si, Tato entendeu muito bem. A tal ponto que ele se encantou bastante com dois versos, que fez questão de copiar num pedaço de papel:

Ah, na minha alma sempre chove.
Há sempre escuro dentro de mim.

Não é que o Fernando Pessoa conseguia expressar claramente o que ele, Tato, sentia? Realmente, os dias de chuva costumavam ser tristes e nada melhor – ele concluía – do que expressar a tristeza com a ideia de uma chuva caindo por dentro. E, no seu caso especialmente – pensava com amargura –, na sua paisagem interior, sempre havia escuro, sempre chovia dentro dele...

Mas o simples fato de saber que um português, que tinha vivido no final do século XIX e início do século XX, possuía sentimentos parecidos com os seus deu-lhe uma espécie de alívio. Afinal, ele via que não era tão só. Isso porque descobria que outras pessoas no mundo partilhavam das mesmas emoções e sentimentos. Não era verdade que às vezes surpreendia algo indefinido no olhar de um colega? Ou mesmo da mãe? Ou de um professor?

Como se, num dia de muito azul, muito sol, uma chuva fininha estivesse caindo dentro deles...

• 3 •
Ação e reação

A verdade é que, na vida, às vezes, vivemos sob duas forças opostas, uma de ação, outra de reação. Ou seja, uma força provoca a outra, e esta é consequência da primeira. No caso de Tato, isso era uma verdade indiscutível. Ao se sentir abandonado, sozinho, ao pensar que o mundo todo era contra ele, reagia contra o mundo com as únicas forças que tinha: a imaginação solta, descontrolada, sem alvo definido, e a rebeldia. Se descobria que amava ler sem compromisso nenhum, descobria também que odiava ler por compromisso, por obrigação.

Estudar parecia-lhe um martírio. Por isso, não estudava. Como era muito inteligente e sensível, de início ia razoavelmente bem nas provas, mesmo sem estudar. Mas isso durou pouco. Como varava a noite lendo os livros prediletos ou vendo filmes madrugada adentro, começou a chegar atrasado nas aulas ou simplesmente a dormir em classe. Não era nada raro, no meio de um sonho muito agradável, ele ouvir, entre a gargalhada dos colegas, a bronca de um professor:

– O dorminhoco aí do fundo, vê se acorda, rapaz!

Tato acordava, bocejava esticando os braços, e ficava sem entender nada quando o professor cobrava:

– O que a Bela Adormecida é capaz de me falar sobre a teoria dos conjuntos?

Um outro professor também achava de cobrar outra coisa completamente maluca:

– Já que acordou agora, diga pra mim: o que é uma onomatopeia?

Tato coçava a cabeça e, com um sorriso malicioso, respondia entre bocejos:

– Uma espécie de centopeia que só tem uma perna, profe.

A única professora que às vezes não tinha queixa de Tato era a de redação, isso porque ele gostava de escrever. Mas espere um instante: só gostava de escrever quando tinha vontade e o tema o estimulava. Do contrário, nem isso fazia. Em muitos casos, apenas brincava com as palavras de um modo irreverente. Como uma vez em que a professora pediu que escrevessem sobre "Cidadania e consciência ecológica". Tato pensou por alguns segundos e depois rapidamente escreveu o que se segue, sem nenhuma pontuação:

Cidadania
Ecologia
Filosofia
Democracia
A gente querendo ou não
Palavras terminadas em ia
É tudo enganação

A professora de redação, que levava muito a sério o que fazia e que conhecia o talento de Tato, procurou discutir na classe o texto dele:

– Me diga, Luís Alberto, qual o sentido do que você escreveu?

Ele permaneceu mudo.

– Acha mesmo que "Cidadania", "Ecologia", "Filosofia", "Democracia" são enganação? Como o Tato permanecesse em silêncio, ela completou: – Ou depende de como se exerce a cidadania, a democracia?

– A senhora acha isso, eu acho diferente... – finalmente, ele disse.

– Está certo que cada pessoa pense com a própria cabeça, mas a gente sempre precisa de argumentos para defender nossos pontos de vista, não acha?

– Argumento pra quê? Eu acho e fim de papo – observou com mau humor, porque, no fundo, ele concordava com a professora, mas nunca que ia dar o braço a torcer, ainda mais na frente de toda a classe.

No final do ano, Débora foi chamada mais uma vez à escola. Há muito que ela sabia que as notas do filho eram péssimas. Por isso mesmo, apenas disse, com muito desânimo, à coordenadora pedagógica:

– Já não sei mais o que fazer com ele...

– A senhora tentou levá-lo a um psicólogo?

– Sim, fomos a um psicólogo que me indicaram, mas o Luís Alberto só compareceu na primeira sessão...

– É uma pena, porque ele precisa mesmo de um psicólogo. Nas vezes em que nos encontramos, ele se recusou a falar de si, a se abrir. Por outro lado, exerce uma influência negativa sobre os colegas. Se fosse só o péssimo desempenho escolar, ainda podíamos pensar numa solução, mas o comportamento rebelde, as constantes faltas, nos deixam sem saber muito o que fazer – explicou a mulher.

Mas o pior foi, depois de suas queixas, ouvir a coordenadora dizer a ela com muita delicadeza que estava sendo convidada a retirar o filho do colégio Mestre e Saber:

– Uma mudança de ares vai fazer bem ao Luís Alberto, dona Débora. Infelizmente, ele não se adequou aos nossos métodos.

Naquele dia, o tempo ficou quente na casa do Tato. Chorando e gritando, Débora passou-lhe um sabão. Não vou dizer que ele não se sensibilizou com o discurso explosivo da mãe. Como sabia que estava errado, o garoto ficou quieto, de cabeça baixa, ouvindo tudo sem discutir. Quando ela, afinal, perguntou:

– Você promete melhorar no ano que vem, Luís Alberto?

Ele não respondeu nada.

– Promete? – ela insistiu.

Tato não queria prometer algo que sabia que não tinha como cumprir, mas, por ter ficado incomodado com o choro da mãe, acabou por murmurar:

– Prometo...

Débora abraçou-o e, como numa espécie de remorso, disse:

– Sei que não tenho sido uma boa mãe, que tenho deixado você muito sozinho, mas, no ano que vem, também prometo mudar isso.

Contudo, de repente, como se lembrasse de algo, ela levantou a cabeça e acrescentou com raiva:

– Mas não posso assumir a responsabilidade disso sozinha. Seu pai também precisa se conscientizar dos problemas.

De imediato, pegou o telefone e, toda nervosa, começou a discutir com Jaime:

– Você é um irresponsável! Sabia que o Luís Alberto foi expulso da escola? Mas é claro que você não sabe de nada mesmo! Eu é que tenho que carregar essa cruz sozinha, porque você, Jaime, você...

Tato procurava sair de fininho. Nada mais o incomodava do que ouvir aquelas brigas por telefone. Ele sabia que, logo em seguida, vinha um telefonema do pai com as broncas de sempre: "Você já não é mais uma criança!", "Eu, com sua idade, já tomava conta de mim mesmo!", "Nunca dei um desgosto assim a meus pais!", "Quando é que você vai deixar de ser moleque e pensar em ser gente?".

"Ele é ele, eu sou eu", pensou Tato, com raiva. Em seguida, trancou-se no quarto e deitou-se na cama. Então, sentindo aquela tristeza indefinida, como se chovesse dentro dele, enterrou a cabeça no travesseiro e chorou até lhe arderem os olhos.

III

Um método especial

· 1 ·

Confronto

Bem, a essa altura, já temos o retrato das duas personagens principais deste livro – a dedicada professora Lola e o rebelde aluno Luís Alberto, também conhecido por Tato ou Poste. Podemos então dar prosseguimento à história, mostrando como será a relação entre os dois.

Na aula seguinte, Lola falou longamente do programa, dos livros que cairiam no vestibular e de outros textos que os alunos teriam que ler, por uma questão de formação e informação.

– Outros livros além dos livros do vestibular, profe? – perguntou, irritado, o Wander, como já sabemos, mais conhecido por Coruja ou *The dark side of the moon*. – Mas a gente tem outras matérias...

– Não estou pedindo a leitura de livros inteiros. Queria que lessem uma antologia que preparei com poemas do Castro Alves, Álvares de Azevedo, Mário de Andrade, Carlos Drummond de Andrade, Cecília Meirelles e Fernando Pessoa, entre outros.

– Poesia? – torceu o nariz a Sandra, mais conhecida como "Japa Girl". – Coisa mais chata!

Lola fingiu que não tinha ouvido o comentário e pôs-se a escrever na lousa a lista de livros para o vestibular da Fuvest e da Unicamp daquele ano letivo:

Auto da barca do inferno, de Gil Vicente
Memórias de um sargento de milícias, de Manuel Antônio de Almeida
Iracema, de José de Alencar
Dom Casmurro, de Machado de Assis
A cidade e as serras, de Eça de Queirós
Vidas secas, de Graciliano Ramos
A rosa do povo, de Carlos Drummond de Andrade
Poemas completos, de Alberto Caeiro, um dos heterônimos de Fernando Pessoa
Sagarana, de João Guimarães Rosa

Em seguida, ela falou resumidamente de cada obra, da importância delas dentro da Literatura Portuguesa e da Brasileira. É evidente que a aula não foi tão tranquila assim, como o leitor pode estar imaginando. Várias vezes, ela teve que interromper a explicação, para chamar a atenção dos alunos que conversavam em voz alta, que faziam brincadeiras estúpidas. E a confusão aumentou ainda mais quando ela disse que ia começar a distribuir tarefas pela classe. O protesto foi geral:

— Tarefa, profe?

— Pô, o ano nem começou, e a senhora já vem com essa história?

Mas ninguém parecia estar disposto a ouvir que espécie de tarefa seria. Os protestos vinham porque o que adolescente mais gosta de fazer é protestar. Por isso ou por aquilo, faça chuva ou faça sol.

— Vocês podiam me dar um minutinho do seu *precioso* tempo, por favor? — disse Lola, cruzando os braços.

A classe ficou momentaneamente em silêncio.

– O que eu queria propor é simplesmente o seguinte: vocês vão se dividir em grupos, que se encarregarão, cada um, de um livro...

– Ah, já sei, vem aquela história chata de seminário – protestou a Ema.

– Ninguém aqui falou em seminário – cortou Lola. – Vou propor a vocês um trabalho diferente, mais estimulante.

O Tato levantou o braço.

– Pois não, Tato? – perguntou Lola.

Muito irreverente, ele disse:

– O trabalho mais estimulante é o de ficar sem trabalhar.

– É isso aí, Poste! Falou e disse! – a classe bradou.

Lola sorriu e disse com ironia:

– Então, já que a palavra "trabalho" incomoda tanto vocês, de agora em diante não vou mais usá-la. – E ela completou: – Que tal "atividade"?

– Que tal "inatividade"? – rebateu de imediato o Tato.

Lola ficou com vontade de perguntar ao garoto se ele era um homem ou uma ameba, mas refletiu que não podia entrar no jogo dele. Por isso mesmo, apenas disse com muita calma:

– Inatividade é uma coisa benéfica quando vocês estão em casa descansando ou dormindo. Como agora estamos numa escola, temos que fazer alguma atividade, mas uma atividade que será prazerosa, na medida em que utilizarem ao máximo sua criatividade.

Ela então explicou que, em primeiro lugar, as obras seriam analisadas em classe, para que todos entendessem seu sentido, sua importância e sua relação com os movimentos literários. Em seguida, os grupos deveriam se reunir fora da escola, preparar uma atividade qualquer, sempre baseada no que tinham entendido das respectivas obras, e apresentá-la aos colegas.

– Evidentemente, um dos conceitos de vocês resultará dessa tarefa – acentuou Lola, já tocando no ponto fraco dos alunos, que estão sempre querendo saber se o que vão fazer "vale nota".

– Como assim "apresentar", profe? O que a senhora quer mesmo que a gente faça? – perguntou a Regina, uma garota loirinha, meio gordinha, de olhos azuis e que tinha o apelido de "Fofinha".

– Aí que entra a criatividade de vocês. Como disse, cada grupo, depois de ler e interpretar a obra que lhe coube com muito cuidado, vai apresentar o resultado de sua leitura para a classe da melhor maneira possível.

– Um resumo, a senhora quer dizer? – perguntou o Lucas, mais conhecido como "Scooby", por causa do tamanho e da voz, que lembrava a da personagem do desenho animado.

– Não, nada de resumo. Quero uma coisa diferente. Por exemplo: quem for sorteado com um poeta pode criar uma espécie de jogral, recitando os poemas; quem for sorteado com um romance pode transformá-lo numa peça ou num filme.

– Filme? Como assim um filme? – perguntou a Ema, torcendo o nariz.

– Vocês não têm filmadora? A escola não tem um *datashow*? – disse Lola, já impaciente.

– Hêêêê – gritou a classe. – Fecha a tampa, Ema!

– Se quiserem, também podem fazer paródias do texto – continuou Lola, procurando interromper as vaias dedicadas à garota.

– Paródia? O que é isso? – perguntou a Japa Girl.

– Paródia é uma gozação, sua anta! – interveio o Scooby, com a delicadeza habitual de sempre.

– Na verdade, a paródia é a criação de um texto, tendo por base um outro texto, geralmente com o intuito de fazer uma espécie de crítica – explicou Lola, com mais propriedade. – É uma atividade excelente que vocês poderão também fazer, dependendo da obra escolhida.

Ainda sob alguns protestos, Lola conseguiu finalmente organizar a divisão da classe e o sorteio das obras. Quando ela abriu o primeiro papelzinho do sorteio, deu justo o grupo do Tato.

– Essa não! – bradou a Renata, que, por ser pálida e ter cabelos muito pretos, havia sido apelidada de "Mortícia" – Essa não! A gente tinha que ser o primeiro grupo! Puxa vida, que azar!

– E como serão os primeiros, vocês ficam com o *Auto da barca do inferno*, do Gil Vicente – completou Lola.

– E o que que a gente faz com a peça? – perguntou a Ema, com aquela voz desagradável.

– Já que é uma peça de teatro, vocês podiam representar para a classe. O que acham da ideia?

– Ih, profe! Tá achando a gente com cara de artista de teatro? – protestou a Mortícia, para não perder o costume.

O Scooby soltou a voz de desenho animado:

– Profe, por que a senhora não muda um pouco o tema deles? Como esse grupo é muito cavernoso, já pensou que peça legal eles podiam montar? *A casa do terror*! Com a Ema e a Mortícia saindo da cova, o Poste dando uma de Frankenstein, e o Coruja, uma de Drácula.

– Imbecil! Vai procurar sua turma. Seu cachorro de desenho animado... – explodiu a Ema.

A gargalhada foi geral. Mesmo Lola não pôde deixar de rir com a impagável deixa do Scooby.

• 2 •
Uma experiência diferente

Naquele dia, depois de todas as explicações sobre a programação, sobre a participação dos alunos em classe, já que ainda faltava uma meia hora para a aula terminar, Lola, evidentemente sob protestos de todos, propôs uma última atividade:
— Como ainda não conheço vocês direito, queria que escrevessem sua biografia.
— Biografia, profe?! — protestou a Ema com voz chorosa.
— Sim, uma biografia. Ou preciso também ensinar o que é uma biografia?
— Mas isso é complicado — reclamou a Japa Girl. — O que que vou falar de mim?
— Não fala nada, ué. Deixa o papel em branco — observou o Scooby. — Como você tem um cérebro de galinha, lá dentro só deve existir o vácuo...
— Cérebro de galinha tem a sua mãe, que deu à luz um idiota — rebateu a Japa Girl, com raiva.
Lola interveio:
— Atenção, chega de bagunça. Vamos começar. Peguem uma folha de papel e escrevam um texto livre, falando sobre vocês. O que quiserem.
Um resmungo aqui, outro ali, e afinal todos começaram a escrever. Lola viu que o Tato, depois de pensar alguns se-

gundos, rapidamente rabiscou algo no papel. Em seguida, ficou sentado daquele jeito indolente, com as pernas esticadas e rodando o boné na ponta do dedo.

– Como é, já acabou, Tato?

– Já.

– Já? A sua biografia?

– A minha biografia – ele disse, desta vez muito sério.

Lola foi até a carteira do Tato e, quando recolheu a folha de caderno em que ele havia escrito, reparou que o texto dele parecia um poema. Sentiu uma tentação muito grande de lê-lo ali mesmo. Mas não fez isso, talvez para não constranger o garoto. Preferiu deixar para quando todos saíssem. Enquanto isso, ficou ardendo de curiosidade. O Tato escrevendo um poema... O que será que ele teria escrito?

Quando o sinal bateu, ela recolheu o resto das redações. O último aluno saiu dizendo "tchau, profe", ela rapidamente apanhou a do Tato e, com espanto e encanto, leu o seguinte:

Quem sou eu?
Eu sou eu.

Sou o que sou
Ou o que não sou?

Nem chuva,
Nem céu azul.
Nem mesmo sol.

Sou só eu,
Eu só.

Só.

Ela releu o poema. Quanta coisa em poucas linhas e poucas palavras – refletiu Lola. Havia ali naquele texto muito do que ela realmente pensava. A indefinição sobre quem somos, a questão da solidão. E tudo aquilo saindo da cabeça de um garoto de 15, 16 anos! Por aquele poema, dava para ver que o Tato era mesmo diferenciado e que talvez a sua irreverência e a sua rebeldia fossem o sinal dessa diferença. Ah!, se ela tivesse um jeito de explorar aquilo, de fazer o garoto canalizar toda a rebeldia para algo realmente criativo...

Antes, porém, Lola sabia que precisava ganhar a confiança do Tato. Para, na medida do possível, ajudá-lo e, consequentemente, ajudar a si mesma. Se conseguisse desvendar o que se passava com o garoto e fazê-lo se interessar pelas aulas, conquistaria uma grande vitória.

Mas isso era um desafio enorme. Como se aproximar de alguém que parecia estar sempre na defensiva? Que parecia um caramujo fechado em sua concha? Que repelia qualquer tipo de aproximação?

Ela refletiu que talvez o poema pudesse constituir uma chave para abrir a porta daquele quarto secreto. Isso se tivesse oportunidade de conversar com o Tato sobre o poema...

• 3 •
Um encontro casual

A oportunidade surgiu casualmente e naquele dia mesmo. Quando Lola deixou a escola e descia a rua em direção ao metrô, para sua surpresa reparou que, a alguns metros à sua frente, seguia o Tato. Carregando a mochila nas costas, ele andava sem olhar para os lados, a cabeça baixa. Parecia muito distraído, como se estivesse envolto em pensamentos. Lola apressou o passo, porque o garoto andava rapidamente, e pouco depois o alcançou:

– Oi, Tato.

Como se tivesse levado um susto com a presença dela ali, ele estremeceu.

– Você mora pra esses lados? – ela perguntou.

– Não – respondeu o garoto secamente, ao mesmo tempo que fazia um movimento com o queixo, apontando para outra direção.

– Você vai pegar o metrô?

– Vou – respondeu ele, novamente daquele jeito monossilábico.

– Então, podia me ajudar levando meus livros – disse Lola, que estava com os braços carregados.

Sem dizer nada, Tato ajudou-a. Ela então reparou que, além de sua mochila, ele carregava alguns livros. Continuaram andando em silêncio. Chegando à estação do metrô, enquanto esperavam o trem, ela perguntou:

– Posso ver o que você anda lendo?

Ele mostrou os livros a ela. Eram obras diversificadas, de autores estrangeiros e nacionais: *Metamorfose*, de Kafka; *O apanhador no campo de centeio*, de Salinger; *O idiota*, de Dostoievski; *Os velhos marinheiros*, de Jorge Amado. O que Lola achou curioso é que o Tato parecia escolher os livros sem ligar para as listas de vestibular.

– Você gosta de ler?

Ele deu de ombros e disse:

– Depende.

– Desses todos, qual que mais gostou?

Tato pensou um pouco para depois dizer, de um jeito meio constrangido:

– Ah, de tudo um pouco. Achei legal a história do homem que se transforma em barata. Também achei divertido o livro do Jorge Amado. O livro do Dostoievski é meio enrolado...

– Não querendo ser indiscreta, posso saber como é que você escolheu esses livros?

– Sei lá. Às vezes, pesquiso na internet pra saber que escritor vale a pena; outras vezes, entro numa livraria e dou uma olhada. Se acho legal o livro, pego na Biblioteca Municipal.

O trem do metrô chegou, eles embarcaram e sentaram-se lado a lado. Depois de alguns minutos em silêncio, Lola disse:

– Gostei muito da poesia que escreveu. É sua mesmo?

Tato franziu a testa, como se não tivesse gostado da pergunta. E respondeu, dizendo com veemência:

– Claro que é minha! Por quê?

– Ah, me desculpe. É que eu não sabia que você era poeta.

– Não sou poeta – ele contestou.

– Se acha que não é poeta, então, comece a pensar seriamente nisso. Adorei seu poema. Você expressou um sentimento de solidão com muita força e beleza. Está de parabéns! Lola achava engraçado como o Tato, sozinho ali com ela, parecia tímido, constrangido. Sem o seu palco de admiradores, encolhia-se. Era só tamanho, um gigante indefeso amedrontado com a presença da pequena professora. Lola, ao perceber que ele estava todo sem graça, intimidado, parou de lhe fazer perguntas. Afinal, para um primeiro contato, até que estava muito bom. Ela ficou sabendo que ele gostava de ler e que, na realidade, era um garoto tímido.

Na estação da Sé, separaram-se. Ela ia até a estação Jabaquara, enquanto ele ia descer no Anhangabaú.

– Muito obrigada. Continue a escrever mais poesias, que você leva jeito – disse Lola.

Tato sorriu. Pela primeira vez ele sorria, sem ser daquele jeito cínico e debochado que costumava usar na classe.

– Outra coisa – completou Lola –, tenha um pouco de paciência com o Dostoievski. Ele parece enrolado, mas, na verdade, é um grande escritor. Leia outros livros mais acessíveis à sua idade e, depois, retome o Dostoievski, porque vale a pena.

Ela se despediu do garoto:

– Então, até depois de amanhã.

Tato fez um aceno com a cabeça, virou as costas e saiu andando rapidamente. Lola ficou observando o garoto enquanto ele se afastava, de um jeito todo desengonçado, como se não soubesse onde situar o corpo. Ela reparou que ele se parecia com um daqueles bonecos de plástico, cheios de ar, que costumam colocar nas portas das lojas. Era muito engraçado, e isso a fez dar uma boa risada.

Lola estava muito feliz com aquele primeiro contato. Pelo menos, ele não havia se mostrado nada agressivo. Tinha falado pouco, é bem verdade, mas havia conversado com ela, e esse já era um bom começo. E promissor. O jeito agora era esperar a próxima aula para ver se aquela conversa inicial mostraria algum resultado positivo.

• 4 •
Conversando sobre Gil Vicente

Quando Lola entrou na sala de aula, o Tato, que conversava animadamente com a turma do fundão, de imediato mudou de atitude. Parando de falar, deu um cutucão no Coruja, mandou a Ema e a Mortícia calarem a boca e ficou quieto, como que se preparando para assistir à aula. "Bom sinal", pensou Lola. "Acho que hoje vou poder trabalhar mais sossegada."

Ela pretendia analisar o primeiro autor da lista do vestibular, o Gil Vicente. Antes que os alunos preparassem as apresentações, queria falar um pouco sobre o autor e sua época e, depois, sobre o *Auto da barca do inferno*. Para tanto, havia preparado um material impresso, com uma pequena introdução sobre o contexto sociocultural de Portugal do século XVI, sobre o fim da Idade Média e trechos selecionados da peça.

Quando a classe, afinal, ficou em silêncio, ela começou a explicar que os fatos da vida de Gil Vicente eram muito nebulosos, pois ninguém sabia ao certo quando ele tinha nascido e morrido e que tipo de trabalho efetivamente tinha exercido.

– O que a gente sabe é que ele viveu no fim do século XV e no início do século XVI. Deve ter nascido entre 1465 e 1470 e morrido depois de 1536 e antes de 1540. Casou-se duas vezes e passou toda sua vida servindo na corte, principalmente sob o reinado de Dom João III. Alguns autores dizem que ele, além de escrever peças de teatro, também trabalhou como ourives.

Em seguida, ela perguntou:

— Alguém pode dizer para mim o que de importante aconteceu na época em que Gil Vicente viveu?

A classe ficou em silêncio por alguns instantes. Lola insistiu:

— Vamos, gente. O que aconteceu de importante entre os séculos XV e XVI?

— Acho que o Brasil foi descoberto, né, profe? — disse a Japa Girl.

— Huuu, falou, inteligente.

Sem dar importância à gozação do Scooby, Lola prosseguiu:

— Muito bem, Sandra, houve a descoberta do Brasil em 1500. E o que mais?

Tato ergueu a mão.

— A viagem de Vasco da Gama...

— Isso mesmo, em 1498, o que propiciou a descoberta do caminho para as Índias — acrescentou Lola, para depois continuar. — Além dessas, houve outras descobertas muito importantes. Portugal, portanto, na época em que Gil Vicente viveu, era um dos países mais ricos da Europa. Havia muita agitação por lá, com naus carregadas de especiarias chegando das Índias, com caravelas partindo em busca de novas riquezas. E, como costuma acontecer em épocas agitadas, havia também, em Portugal, bastante corrupção, ganância e crise de valores morais.

Lola continuou explicando que, por isso mesmo, Gil Vicente, com seus autos, tinha sido uma espécie de repórter do seu tempo. Às vezes, com muita seriedade, registrava a tradição religiosa da época, em peças como *Monólogo do vaqueiro*, *Auto pastoril castelhano* e *Auto da alma*. Outras vezes, usava textos como *Auto da Índia*, *Farsa de Inês Pereira* e *O velho da horta* para criticar com muito humor a sociedade do início do século XVI.

– A peça que vamos estudar, o *Auto da barca do inferno*, pertence a uma trilogia, o *Auto das barcas*, escrita de 1517 a 1518. Nela, como vocês poderão ver, Gil Vicente mistura a tradição religiosa com a crítica social.

– Profe, o que quer dizer "auto"? – perguntou a Fofinha.

– A palavra "auto" servia para designar as peças religiosas e satíricas da Idade Média. Mas há quem defenda a ideia de que eram chamadas assim porque tinham um só "ato".

Antes que alguém perguntasse alguma coisa, ela se apressou em explicar:

– "Ato", como vocês devem saber, é cada uma das partes de uma peça de teatro.

– Então, as peças de Gil Vicente não tinham intervalo? Devia ser a mó chatice – observou a Ema, com a voz mole.

– Pelo que parece, não tinham mesmo intervalo. Costumavam ser representadas apenas com pequenas pausas para a entrada e saída de personagens. Mas, ao contrário do que você disse, não eram peças nada chatas. Eram bem divertidas, pois o Gil Vicente sabia como ninguém atrair a atenção da plateia, mostrando os tipos mais representativos da sociedade, registrando fielmente o modo de falar das pessoas e com um senso de humor realmente espantoso.

– As peças do Gil Vicente "elam" "leplesentadas" em "teatlo"? – perguntou o Cebolinha, um garoto que trocava os "erres" pelo "ele", como a personagem da revista de quadrinhos.

– Não, eram representadas no palácio, na corte. Gil Vicente era uma espécie de cortesão, ou seja, ele ganhava para entreter os nobres, a família real. E isso começou quando, no nascimento do futuro rei Dom João III, em 1502, ele compôs um auto, o *Monólogo do vaqueiro*, e o representou para a rainha, Dona Maria. Fez tanto sucesso que, depois, se tornou o dramaturgo oficial da corte, para divertir tanto o rei quanto os nobres. Não consta que Gil Vicente tenha representado suas peças para o povo em geral, como vai acontecer mais tarde com Shakespeare.

– Quer dizer que ele era um puxa-saco do rei e dos nobres? – perguntou o Lacraia, com malícia.

"Você merece o apelido que tem", pensou Lola. "Se a gente bobear, você vem com uma picada." Mas ela não disse isso. Pacientemente, explicou:

– O Gil Vicente era de tudo, menos um puxa-saco! Como se pode ver no *Auto da barca do inferno*, criticava sem medo as pessoas das mais diferentes classes sociais: os nobres, os padres, os membros da justiça, as pessoas do povo...

– Ué, e ele nunca foi "pleso" nem "toltulado"? – tornou a perguntar o Cebolinha.

Lola deu um sorriso.

– Ah, o Gil Vicente era muito esperto. Ele tinha um jeito especial de fazer as críticas, utilizando-se do riso. As pessoas, quando assistiam a esse tipo de espetáculo, deviam dar boas risadas da desgraça dos outros. Acreditando que o problema não era com elas, talvez saíssem das peças muito satisfeitas com o autor.

E ela concluiu a explicação, dizendo:

– Há um ditado latino que explica isso muito bem: *ridendo castigat mores*. Em português, "rindo, castigam-se os costumes". Mas, por outro lado, é preciso dizer que Gil Vicente tinha limites em sua irreverência. Sendo católico praticante, sempre respeitou os dogmas, os postulados de fé. Se chegou a mandar padres para o inferno em suas peças, jamais desrespeitou os dogmas religiosos. Ou seja, em suas peças, ele criticava os indivíduos, mas respeitava as instituições, como a Igreja, a nobreza.

Lola achou que tinha falado demais e que, por isso mesmo, já devia estar entediando os alunos. Assim, resolveu mudar de estratégia:

– Agora, proponho o seguinte: vamos ler alguns trechos do *Auto da barca do inferno* que selecionei, para que vocês tenham ideia do jeito como Gil Vicente escrevia.

E distribuiu pela classe a pequena apostila que havia preparado. Ela fez um rápido resumo do texto:

– O auto é muito simples. Vocês imaginem a margem de um rio, onde estão ancorados dois barcos, um com dois diabos e o outro com um anjo. E então surgem as personagens que serão julgadas, nesta ordem: um Fidalgo; um Onzeneiro, tipo de pessoa que empresta dinheiro a juros; um Parvo, ou tolo; um Sapateiro; um Frade, acompanhado de uma Moça; uma Alcoviteira chamada Brísida Vaz, cuja função era arrumar encontros amorosos e casamentos; um Judeu; um Corregedor; um Procurador; um Enforcado; e Quatro Cavaleiros. A peça se resume nisto: as personagens se apresentam, são julgadas, querem fugir do inferno, tentando convencer o diabo e o anjo de que merecem a salvação, mas a maioria acaba indo pra lá, devido a seus pecados.

Lola explicou que aquelas personagens constituíam uma amostra da sociedade portuguesa da época. Cada uma delas representava uma determinada classe social ou uma instituição: o Fidalgo, a nobreza; o Frade, o clero; o Sapateiro João Antão, o trabalhador manual; o Onzeneiro, os banqueiros; e assim por diante.

– Mas vamos ao texto. Cada um de vocês lê um trecho e, depois, vamos comentá-lo.

Lola escolheu o Coruja, que não parava de falar, para ser o primeiro a ler. Tropeçando nas palavras e sem ritmo algum, como se não tivesse o hábito da leitura, ele leu a chegada do Fidalgo à barca, onde se encontram os dois demônios, esperando-o:

Fidalgo – *Esta barca onde vai ora,*
que assi está apercebida? [enfeitada]
Diabo – *Vai* pera a ilha perdida [para o inferno]
e há-de partir logo ess'ora. [imediatamente]
Fidalgo – *Pera lá vai a* senhora? [referência elegante do
Fidalgo à barca]
Diabo – *Senhor, a vosso serviço.*
Fidalgo – *Parece-me isso cortiço.*
Diabo – *Porque a vedes lá de fora.*

Fidalgo – *Porém, a que terra passais?*
Diabo – *Pera o inferno, senhor.*
Fidalgo – *Terra é bem sem-sabor.*
Diabo – *Quê? E também cá zombais?*
Fidalgo – *E passageiros achais*
pera tal habitação?
Diabo – *Vejo-vos eu* em feição [com jeito de]
pera ir ao nosso cais.

Fidalgo – *Parece-te a ti assi?*
Diabo – *Em que esperas ter* guarida? [salvação]
Fidalgo – *Que* leixo *na outra vida* [deixo]
quem reze sempre por mi.
Diabo – *Quem reze sempre por ti?...*
Hi-hi-hi-hi-hi-hi-hi!...
E tu viveste a teu prazer,
cuidando cá guarecer [salvar-se]
porque rezam lá por ti?

Sem esperar que o Coruja terminasse de ler a fala entre o Diabo e o Fidalgo, Lola interrompeu-o e pediu que a Fofinha lesse a conversa que essa personagem tem com o Anjo, o que ela fez com sua vozinha delicada:

Anjo – *Que quereis?*
Fidalgo – *Que me digais,*
pois parti tão sem aviso,
se a barca do paraíso
é esta em que navegais.
Anjo – *Esta é; que demandais?*
Fidalgo – *Que me leixeis embarcar;*
sou fidalgo de solar, [de família tradicional]
é bem que me recolhais.

Anjo – *Não se embarca tirania*
neste batel divinal.
Fidalgo – *Não sei por que haveis por mal*
qu'entre a minha senhoria.
Anjo – *Pera vossa* fantasia ["fantasia", no sentido de "vaidade"]
mui estreita é esta barca.
Fidalgo – *Pera senhor de tal* marca [distinção]
não há aqui mais cortesia?

Venha prancha e atavio:
Levai-me desta ribeira!
Anjo – *Não vindes vós de maneira*
pera ir neste navio.
Ess'outro vai mais vazio:
a cadeira *entrará,* [referência talvez à cadeira especial em que um nobre costumava se sentar]
e o rabo *caberá* [a ponta da longa veste do fidalgo]
e todo vosso senhorio.

Mal a Fofinha terminou a leitura, e a Mortícia observou:

– Não entendi nada, que coisa mais complicada. Parece até japonês.

– É mesmo. Tia, pede pra Japa Girl traduzir pra nós – disse o Scooby, provocando a gargalhada geral da classe.

– Não é que seja complicado – Lola voltou a falar. – Gil Vicente, na realidade, escrevia de uma maneira muito simples, tentando reproduzir o modo como as pessoas de todas as classes sociais costumavam falar. Mas vocês não podem esquecer que a língua portuguesa que temos aí é a do século XVI.

Depois de pacientemente explicar as partes mais difíceis do texto, traduzindo as expressões desconhecidas, ela perguntou:

– Vocês não repararam em nada de especial no modo como Gil Vicente escreve as falas?

– Ah, continuo achando que ele escreve difícil... – teimou a Mortícia.

– Parece que ele escreve em versos – observou o Tato.

– Isso mesmo. Se vocês notarem, ele usa estrofes de oito versos e, quase sempre, versos de sete sílabas, que eram conhecidos como "redondilhas maiores" – Lola foi até a lousa, onde escreveu um dos versos e mostrou como é que se contavam as sílabas.

Ela explicou também que Gil Vicente usava, na maioria das estrofes, um mesmo esquema de rimas intercaladas, como na seguinte estrofe:

*Venha prancha e ata**vio**:*
*Levai-me desta ri**beira**!*
*Não vindes vós de man**eira***
*pera ir neste na**vio**.*
*Ess'outro vai mais va**zio**:*
*a cadeira entra**rá**,*
*e o rabo cabe**rá***
*e todo vosso senbo**rio**.*

Em seguida, Lola tratou da personagem do Fidalgo, que, apesar de morto, procurava manter os privilégios da vida:

– Observem como ele diz que não pode ir para o inferno porque, além de ser "fidalgo de solar", ou seja, de alta linhagem, ainda tinha deixado, em vida, alguém rezando em sua intenção. Na época, era muito comum os nobres comprarem indulgência, ou seja, eles achavam que, se alguém recebesse pagamento para orar por eles, estavam livres para cometer os pecados à vontade. Esse comportamento do Fidalgo que quer se impor, graças a seus privilégios de classe, não lembra alguma coisa a vocês?

– Ah – disse o Cebolinha –, ele fica "palecendo" esses deputados que dizem: "Sabem com quem tão falando? Sou autolidade!".

Lola não pôde deixar de rir do jeito cômico com que o garoto imitava a "autoridade". Ela sublinhou também como o Anjo rebatia com ironia à empáfia do Fidalgo, ao dizer que "Pera vossa fantasia / mui estreita é esta barca" e que, na barca do inferno, haveria lugar de sobra para que também coubessem a cadeira e o rabo dele, ou seja, sua roupa comprida.

– Reparem que, nesse caso, ele humaniza não só os diabos, que são mesmo irreverentes, mas também o próprio Anjo.

Por fim, Lola pediu que o Scooby lesse o fragmento em que entrava em cena o Parvo, o que ele fez com muita graça, levando a classe a se retorcer de rir com seus trejeitos, com seu jeito especial de acentuar os inúmeros palavrões do texto:

Diabo – *De que morreste?*
Parvo – *De quê?*
       Samicas *de caganeira.* [talvez]
Diabo – *De quê?*
Parvo – *De caga-merdeira.*
       Má ravugem *que te dê!* [sarna]

Diabo – *Entra! Põe aqui o pé!*
Parvo – *Hou-lá, não tombe o* zambuco! [pequeno barco]
Diabo – *Entra, tolaço eunuco,*
que se nos vai a maré!

Parvo – *Aguardai, aguardai, hou-lá!*
E onde havemos nós d'ir ter?
Diabo – *Ao porto de Lucifer.*
Parvo – *Hã?*
Diabo – *Ao inferno! Entra cá.*
Parvo – *Ao inferno?* Eramá! [mau momento]
Hiu! Hiu! Barca do cornudo,
Pero Vinagre, beiçudo,
rachador d'Alverca, hu-há!

Sapateiro da Candosa!
Entrecosto *de carrapato!* [carne entre as costelas]
Hiu! Hiu! Caga no sapato,
filho da grande aleivosa! [pessoa que faz intri-
gas, perfídias]
Tua mulher é tinhosa, [repugnante]
e há-de parir um sapo
chentado *no guardanapo,* [enfiado]
neto da cagarrinhosa!

Furta-cebolas! Hiu! Hiu!
Excomungado nas igrejas!
Burrela, *cornudo sejas!* [diminutivo de burra]
Toma o pão que te caiu,
a mulher que te fugiu
pera a Ilha da Madeira!
Ratinho *da Giesteira,* [trabalhador do campo]
o demo que te pariu!

Hiu! Hiu! Lanço-te ũa pulha: [uma praga]
Dê, dê pica na aquela.
Hump! Hump! Caga na vela,
ó cabeça-de-grulha,
perna de cigarra velha,
caganita de coelha,
pelourinho da Pampulha,
rabo de forno de telha!
Mija n'agulha! Mija n'agulha!

Chega o Parvo ao batel do Anjo e diz:

Parvo – *Hou da barca!*
Anjo – *Samicas alguém.*
Parvo – *Quereis-me passar além?*

Anjo – *Quem és tu?*
Parvo – *Não sou ninguém.*
Anjo – *Tu passarás, se quiseres;*
porque em todos teus fazeres
per malícia não erraste.
Tua simpreza t'abaste [foi o bastante]
pera gozar dos prazeres.

Embora não entendessem muito bem as falas, a classe se divertiu bastante com os argumentos do Parvo, que fazia um discurso em que, muitas vezes, havia coisas sem nenhum sentido.

– Pô, que mala, profe – comentou o Lacraia, ainda rindo. – O cara fala que nem se estivesse chapado...

– Bem, vocês puderam observar agora a entrada de uma personagem muito comum na obra do Gil Vicente, o Parvo, isto é, o tolo. Essa personagem parece que não fala coisa com coisa. Mas reparem que, no fundo, ele é muito esperto, pois afronta o Diabo. Com esse tipo de personagem, Gil Vicente conseguia tirar o melhor proveito possível do humor. E, para divertir a plateia, nada melhor que os palavrões. Como ele coloca isso na boca de um tolo, ninguém podia acusá-lo de nada, não é?

– Malandro à pampa, esse Gil Vicente, né, profe? – disse o Coruja.

– Bota malandro nisso. Era uma forma de ele se proteger. Desse modo, podia falar o que quisesse, que ninguém o condenaria.

A Ema levantou a mão:

– Tem uma coisa que não entendi, profe. Se esse imbecil fala tanto palavrão, por que é que ele não vai pro inferno?

Lola pegou o texto e comentou:

– Você não reparou no que o Anjo disse a ele?

– A Ema reparando em alguma coisa, profe? – mais uma vez o Scooby a provocava. – Ela nem sabe quantos dedos tem na mão.

A Ema mostrou a língua para o Scooby, e Lola veio em sua defesa:

– A questão que a Soraya colocou tem muita propriedade, Lucas. Por que será que o Parvo vai para o céu? A resposta está na fala do Anjo, quando ele diz:

Tu passarás, se quiseres;
porque em todos teus fazeres
per malícia não erraste.

E Lola continuou a explicar:

– Ou seja, para o Gil Vicente, e também para o pensamento religioso, o que vale em nossos atos é a intenção. Aliás, na Bíblia, isso está muito bem claro: "Bem-aventurados os pobres de espírito, que deles é o reino dos céus".

– Coisa mais babaca! – protestou o Lacraia. – Quer dizer que, se eu matar alguém sem intenção, vou pro céu?

– Você no céu? – tornou o Scooby. – Você vai é direto pro inferno e, ainda por cima, sem pagar a passagem pro diabo.

Era assim: qualquer intervenção do palhaço da classe, que aliás tinha muito humor, e a risada era geral. Parecia que todo mundo ficava esperando que o Scooby abrisse a boca, porque sempre vinha uma gozação. E Lola até tinha se acostumado com isso. Desde que ele não ofendesse ninguém, era uma forma de descontração, de tornar a aula mais leve. No fundo, Lola chegava a pensar que talvez o Gil Vicente gostaria muito de conhecer o Scooby...

E o trabalho em classe foi tão ágil, tão leve que, quando deu o sinal, nem parecia que o tempo havia passado. Naquele dia, Lola saiu muito feliz da sala. Sabia que tinha dado uma aula muito boa. E os alunos pareciam contentes, o que era o mais importante de tudo.

· 5 ·

Voltando a falar de Gil Vicente

Ao chegar em casa, Lola ainda estava eufórica. Mas foi ela tomar um banho, jantar e sentar-se para preparar as próximas aulas que, de repente, sentiu falta de alguma coisa. Eu arriscaria dizer que talvez fossem saudades do Arthur. Quando ainda namoravam, ele tinha o costume de ligar para ela todas as noites. A ausência do telefonema de Arthur, interrompendo seu trabalho, fazia-a ter consciência de que algo faltava em sua vida. Parecia haver um buraco em seu coração.

Ela ficou um instante mordiscando a ponta da caneta, lembrando-se do rosto dele, de sua atenção, de seu carinho e suas pequenas broncas:

"Ah, vá, Lólis, deixa essas provas chatas e vamos dar umas bandas por aí...".

Lola sentiu uma tentação muito grande de pegar o telefone, ligar para ele e dizer:

– Oi, Tuco, que tal se a gente saísse pra bater um papo?

Mas não foi só o orgulho que a impediu de ligar para o Arthur. Foi o medo de que encontrasse um Tuco ressentido do outro lado da linha. Lola apoiou a cabeça sobre os braços, como se fosse chorar, mas se conteve a tempo, limpando os olhos úmidos com as costas da mão. Não podia deixar que uma questão sentimental atrapalhasse o trabalho que começava tão bem. E assim ela voltou a atenção para suas anotações sobre o texto do Gil Vicente, até que a imagem do Arthur desaparecesse dentro dela.

* * *

No dia seguinte, quando entrou na sala dos professores, os colegas continuavam com as conversas de sempre. Uns queriam saber de quanto ia ser o próximo aumento exigido pelo sindicato, outros falavam de política e futebol, outros ainda, para variar, reclamavam dos alunos.

Ao ver a Lola entrar, a Neide lhe perguntou com ironia:

– E então, tem conseguido dar aula no 1º A?

– Tenho. Sem problemas.

– Como sem problemas?! – perguntou a professora de Biologia, atônita. – Eles deixaram de fazer bagunça? Da minha classe até escuto...

– Até que fazem um pouco de bagunça, mas, mesmo assim, consigo dar minha aula – Lola interrompeu-a, já com um pouco de irritação.

– Garanto que você deve estar usando minha técnica infalível. Com esse seu corpinho de menina, entra na classe, dá uma bela rebolada, enquanto canta "rebola, rebola, bola" – interveio o Décio, dançando e mexendo com o corpanzil imenso. – É tiro e queda, né?

Lola caiu na risada.

– Eu rebolar, Décio? Rebolar é com você.

"Chaveirinho...", murmurou com despeito a Neide, que não tinha ido com a cara da Lola desde o início. Não podia suportar que os colegas a elogiassem tanto, chamando-a de "garotinha", de "corpinho de menina". Mulher era ela, Neide, com seu corpinho de *miss*...

Lola foi para a classe, pensativa. "Coitada da Neide, sempre de mal com o mundo." Tinha ouvido falar que a professora de Biologia era casada com um sujeito que não trabalhava e, por isso mesmo, vivia à custa dela. E isso era motivo para tratar os colegas com inveja e despeito, e os alunos com desprezo? "Mas já bastam os meus problemas", Lola refletiu, deixando de pensar na despeitada da Neide. E, entrando na classe, se dispôs a continuar, com muito ânimo, seu trabalho com o Gil Vicente.

Ela começou comentando sobre a personagem do Sapateiro, condenado ao inferno pelo fato de roubar os clientes:

Diabo – *Tu morreste excomungado,*
não o quiseste dizer:
esperavas de viver,
calaste dez mil enganos.
Tu roubaste, bem trint'anos,
o povo com teu mister. [ofício, trabalho]
Embarca, eramá pera ti;
que há já muito que te espero!
Sapateiro – *Pois digo-te que não quero.*
Diabo – Que te pês, *hás d'ir, si, si* [ainda que te pese, que te custe]
Sapateiro – *Quantas missas eu ouvi*
não m'hão elas de prestar?
Diabo – *Ouvir missa,* então *roubar,* ["então" está no sentido de "depois"]

é caminho per'aqui.

– Se vocês repararem bem, apesar de roubar dos clientes, ele quer ser perdoado só porque assistiu a muitas missas. Agora reparem na figura do Frade, que é condenado por um motivo bem diferente, como se Gil Vicente fizesse questão de criticar os mais variados tipos de pecado. Contrariando sua vocação de religioso, esse frade gosta de dançar, de lutar com espada e vem acompanhado da amante, como era costume entre alguns religiosos:

Frade – *Tai-rai-rai-ra-rã; ta-ri-ri-rã;*
ta-rai-rai-rai-rã; tai-ri-ri-rã;
tã-tã; ta-ri-rim-rim-rã; Hu-há!

Diabo – *Que é isso, padre? Que vai lá?*
Frade – Deo gratias! *Sou cortesão.* [Graças a Deus]
Diabo – *Sabeis também o* tordião? [dança de origem francesa]
Frade – *Por que não? Como ora sei!*
Diabo – *Pois entrai! Eu* tangerei [de "tanger", tocar instrumento de cordas]
e faremos um serão.
Essa dama é ela vossa?
Frade – *Por minha a tenho eu*
e sempre a tive de meu.
Diabo – *Fizeste bem, que é* fermosa! [formosa, bonita]

E não vos punham lá grosa [censura]
no vosso convento santo?
Frade – *E eles fazem outro tanto!*

Ela explicou que Gil Vicente explorava com muito humor a situação do padre, que, apesar de devasso, esperava ser absolvido só pelo fato de ser religioso.

– Prestem bem atenção na seguinte passagem – disse Lola, lendo para a classe:

Frade – *Ah, Corpo de Deus consagrado!*
Pela fé de Jesu Cristo,
qu'eu não posso entender isto!
Eu hei-de ser condenado?

Um padre tão namorado
e tanto dado à virtude!
Assi Deus me dê saúde
que eu estou maravilhado!

Depois, Lola falou da Alcoviteira, uma personagem sem escrúpulos que explorava a prostituição:

Eu sou Brísida, a preciosa,
que dava as moças aos molhos. [em grande quantidade]

A que criava as meninas
pera os cônegos da Sé.

Lola mostrou também como havia na época um forte preconceito contra os judeus, porque eram vistos como pessoas que se apegavam ao dinheiro. No auto, o Judeu pretende embarcar com um bode e, diante da recusa, oferece dinheiro ao Diabo para transportar sua carga ("Eis aqui quatro tostões / e mais se vos pagará"). Também aos olhos do Parvo o Judeu havia cometido atos sacrílegos contra a Igreja:

Parvo – *E s'ele mijou nos finados*
n'egreja de São Gião!

E comia a carne da panela
no dia de nosso Senhor!

– Agora, prestem atenção na figura do Corregedor – Lola disse, escolhendo mais um trecho:

Corregedor – *Não entendo esta barcagem,*
nem hoc non potest esse. [isto não pode
ser]
Diabo – *Se ora vos parecesse*
que não sei mais que linguagem!... [aqui,
português, por
oposição ao la-
tim]
Entrai, entrai, corregedor!
Corregedor – *Hou,* videtis qui petatis! [Vede o que re-
clamais]
Super jure majestatis [Acima do direito de
majestade]
tem vosso mando vigor?

– Como vocês podem reparar, o Corregedor usa do artifício muito comum entre os poderosos: para invocar seus poderes e para impressionar a quem julga inferior, utiliza uma linguagem complicada; no caso, o latim. Mais adiante, Gil Vicente introduz o Parvo na conversa para criar um efeito cômico. Vejam como ele usa a língua latina:

Parvo – *Hou homens dos* breviários, [livros de Di-
reito]
rapinastis coelhorum
e pernis perdigatorum [algo como: roubaste coelhos e
pernas de perdiz]

Logo em seguida, vinha um homem que havia morrido na forca. Por isso mesmo, acreditava que já tinha pago todos os seus pecados e que merecia entrar no céu. Lola leu um trecho em que ele discute com o Diabo, tentando convencê-lo de que merece a salvação:

Diabo — *Entra, entra no batel,*
que ao inferno hás-de ir.
Enforcado — *O Moniz há de mentir?*
Disse-me que com São Miguel
jantaria pão e mel
tanto que *fosse enforcado.* [logo que]
Ora, já passei meu fado,
e já feito é o burel. [luto]

— Reparem que o Enforcado se apega às palavras de um tal Garcia Moniz, que havia lhe garantido que se morresse na forca merecia o céu...

E tratando dessa personagem, Lola encerrava mais uma aula. Com a sensação do dever cumprido, ela refletiu, satisfeita, que a análise da peça caminhava muito bem: os alunos tinham participado ativamente e pareciam ter entendido tudo.

· 6 ·
Terminando a análise da peça

Lola, na aula seguinte, continuou com a análise do *Auto da barca do inferno*, chamando a atenção dos alunos para um detalhe curioso nas personagens. Cada uma delas aparecia em cena trazendo um objeto que, de modo geral, tinha algo a ver com sua função ou com sua atividade em vida.

– Reparem que o Fidalgo chega com uma cadeira, que representa seu conforto, seu poder.

E Lola leu mais um fragmento do texto:

Diabo – *[...] a cadeira é cá sobeja:* [aqui é demais]
Cousa que esteve na igreja
não se há-de embarcar aqui.
Cá lha darão de marfi, [aqui lhe darão uma de marfim]
marchetada de dolores [enfeitada de dores]

– O Onzeneiro tem uma bolsa – Lola voltou a comentar –, que é um símbolo da sua ganância, de seu amor pelo dinheiro; o Sapateiro traz consigo suas formas; o Frade leva um escudo e uma espada; a Alcoviteira carrega uma enormidade de coisas consigo, numa espécie de casa ambulante:

Brísida – *Seiscentos* virgos *postiços* [himens]
e três arcas de feitiços
[...]
Três armários de mentir, [cheios de mentiras]
e cinco cofres de enleio, [encantos para atrair
os homens]
e alguns furtos alheios,
assi em joias de vestir;

– O Judeu curiosamente traz um bode às costas, que, segundo a tradição, sempre foi um animal associado ao demônio. O Corregedor carrega seus autos e processos, o Enforcado surge com um pedaço de corda no pescoço.

Lola parou repentinamente de descrever os objetos que as personagens traziam para perguntar:

– Por que Gil Vicente mostra as personagens desse modo, sempre acompanhadas de objetos que possuem?

A classe ficou em silêncio por alguns instantes, até que o Scooby observasse:

– Vai ver que ele queria mostrar a diferença entre os caras...

– Está correto seu comentário – disse Lola –, mas será que não podemos pensar que isso representa algo mais forte?

– Como assim, profe? – perguntou a Ema.

– Na verdade, Gil Vicente quer mostrar que as pessoas, em vez de pensar na eternidade, nos valores cristãos, se apegam aos bens terrenos, como se quisessem exercer, depois da morte, as mesmas atividades que exerciam em vida.

O Tato levantou a mão:

– Mas a senhora não acha também que ele quer fazer uma crítica?

– Como assim, Tato?

– Ah, quando mostra que o Fidalgo vem com a cadeira, ele quer dizer que o cara é arrogante, que quer mostrar seu poder...

– Bem observado. É isso mesmo. E se a gente seguir seu raciocínio, podemos dizer que há uma ironia muito grande em mostrar um padre andando com um escudo e uma espada, em vez de um crucifixo, um livro religioso... Chegando ao fim da peça, Lola falou dos quatro Cavaleiros que haviam morrido numa cruzada, lutando contra os mouros, nome genérico com que os portugueses se referiam aos árabes que professavam a religião muçulmana.

– Como vocês podem reparar, dessa turma toda só escapam do inferno o Parvo e os Cavaleiros. O primeiro porque era tolo, e os quatro guerreiros porque morreram lutando no Oriente, numa cruzada, para defender os valores religiosos.

O Coruja levantou a mão e comentou:

– Outro dia, vi um filme sobre as cruzadas. O mó barato, profe. Mas os caras não queriam nem saber. Não tinha essa de religião. Eles queriam matar os árabes só pra roubar.

Lola comentou:

– Bem observado, Wander. Mas é preciso distinguir entre o ideal dos verdadeiros religiosos e os fatos históricos. De um lado, havia quem pensasse nas cruzadas como uma forma de recuperar os lugares sagrados do Cristianismo em Jerusalém. Por outro lado, havia os indivíduos gananciosos que só pensavam em fazer fortuna no Oriente. Gil Vicente, como religioso que era, defendia os valores ideais do Cristianismo.

Ela fez uma pequena pausa e continuou:

– Com o destino dado a essas personagens, podemos entender, portanto, a profunda religiosidade de Gil Vicente, que condena a mesquinhez, a hipocrisia, a vaidade, a mentira, o apego aos bens materiais.

E Lola leu a fala do Anjo, quando se dá o epílogo da peça:

Anjo – *Ó cavaleiros de Deus,*
a vós estou esperando
que morrestes pelejando
por Cristo, Senhor dos Céus!
Sois livres de todo mal,
mártires da Madre Igreja,
que quem morre em tal peleja
merece paz eternal.

Ela concluiu a análise do *Auto da barca do inferno* dizendo:

– Como vocês puderam verificar, Gil Vicente registrou em suas peças uma época de transição, uma época em que o homem, atraído por grandes riquezas, perdia os valores religiosos e se tornava corrupto, só pensando em como explorar o próximo, em como fazer dinheiro de qualquer jeito.

– Nada diferente da nossa época... – comentou o Tato, com um sorriso nos lábios.

– Na nossa época é muito pior! – disse a Mortícia, contestando o colega com veemência. – Só tem político sem-vergonha, garotas menores de idade sendo exploradas sexualmente, a droga correndo solta, a guerra no Oriente pelo petróleo...

– Falou e disse, Mortícia! – gritou o Scooby.

Lola sorriu satisfeita. Afinal, os alunos tinham entendido a importância da literatura, graças à grande atualidade do auto de Gil Vicente. Aquele escritor, de um longínquo século XVI, era capaz de atingir a consciência dos jovens com mais força do que uma reportagem de jornal que tratasse da corrupção, da degradação de valores do nosso tempo.

A aula terminou, e Lola já estava se preparando para sair quando Tato se aproximou:

– Posso falar com a senhora?

– Mas é claro, Tato.

– Bem, eu...

Como ele parecesse constrangido, ela insistiu:

– Diga, Tato.

– É que eu queria saber uma coisa da senhora sobre nosso trabalho.

– Vocês já definiram como vão fazer a apresentação do auto?

– Mais ou menos.

– Posso saber como será?

Tato ficou em silêncio por alguns segundos e depois disse, dando um sorriso maroto:

– A gente preferia fazer uma surpresa. Mas, antes de apresentar o que nós bolamos, eu queria saber de uma coisa da senhora.

– Uma coisa? O que é? – perguntou Lola, divertida com o embaraço do garoto.

– Bem, eu queria saber se a gente vai ter liberdade de fazer o que quiser.

– Como liberdade?

– Ué, a mesma liberdade que o rei deu pro Gil Vicente.

"Que é que esses garotos vão aprontar?", um calafrio correu a espinha de Lola. Mas ela procurou afastar aquele tipo de pensamento e disse:

– Mas é claro que vocês terão liberdade de fazer o que quiserem.

– Aviso a senhora que tem gente aqui na escola que não vai gostar...

– Bem, como não sei o que vocês vão apresentar, confio em que não irão insultar ninguém. Isso eu não gostaria, porque não acho justo.

– Não acho que vamos insultar ninguém. É mais uma gozação.

– Sendo assim...

Lola despediu-se do Tato e seguiu pensativa em direção à sala dos professores. O que será que aqueles garotos iriam aprontar? Sinceramente, não acreditava que iam apresentar alguma coisa obscena. Mas e se a apresentação fosse ofensiva para alguém em particular? No fundo, ela desconfiava que o Tato e sua turma iriam criticar pessoas da escola de quem não gostavam. E ela sabia muito bem quem poderia ser o alvo. Mas uma escola não devia ser um lugar onde a crítica e a liberdade de expressão pudessem ser exercidas? Se ela, como professora, acreditava nisso, era melhor arcar com as consequências. Ou então desistir da carreira.

· 7 ·

Um acidente de percurso

Na terça-feira da semana seguinte, ao voltar à escola, Lola reparou que havia um grande alvoroço. Na sala dos professores, deparou com a professora Neide muito eufórica, que bradava:

— *Yes!* Agora pegaram aquele marginalzinho de jeito! Ele vai ver o que é bom pra tosse!

Lola não teve ânimo de perguntar quem era o marginalzinho para a Neide. Por isso mesmo, aproximou-se do Oscar e disse:

— O que aconteceu?

— Pegaram aquele garoto, o Tato, fumando maconha no banheiro — contou o professor de Química, chateado. — Justo agora que ele vinha melhorando...

"Deus do céu!", pensou a Lola. "E agora?"

— E você sabe o que vão fazer com o Luís Alberto?

— Parece que os pais dele foram chamados pela diretora. A coisa está complicada, porque faz tempo que esse garoto anda aprontando umas e outras por aí.

Deu o sinal. Lola ia saindo quando a Neide a pegou pelo braço e perguntou com ironia:

— Viu o que seu "queridinho" foi aprontar? O destino do seu brilhante aluno é a cadeia. Pode escrever isso.

Lola fitou a Neide com raiva. Que mulherzinha arrogante! Merecia mesmo aquele homem ordinário, com cara de cafajeste, como marido.

– Em primeiro lugar, ele nunca foi meu "queridinho"; em segundo lugar, eu acho que a gente não deve prejulgar ninguém, como você está fazendo – rebateu Lola, desvencilhando-se dela.

Foi com o coração na mão que Lola entrou na sala do nono ano do fundamental. Naquele dia, os alunos estranharam bastante a professora de Português, que parecia distraída e sem ânimo. Dado o sinal, Lola foi até a sala da professora Odília, a coordenadora, que lhe contou em pormenores como o Tato havia sido surpreendido, pelo inspetor, fumando maconha no banheiro.

– E o pior é que ele é reincidente – disse a coordenadora com severidade. – Chamamos os pais, só a mãe veio, dizendo aquela história que todos conhecemos: que não pode com o filho, que ele não a ouve. A coisa, desse jeito, fica muito complicada.

– Puxa vida, mas não entendo como... – Lola, com pesar, começou a dizer, sendo logo interrompida pela explicação da coordenadora:

– Essa criançada de hoje anda meio perdida. Principalmente esse garoto, o Luís Alberto. Os pais são separados. O pai, segundo a mãe, é um omisso...

Lola refletiu um pouco e, depois, propôs:

– E se eu tentasse falar com ele?

– Você falar com ele, Lola? O Luís Alberto é uma ostra, não se abre com ninguém. Tentamos de tudo, até pusemos uma psicóloga para falar com o garoto. Fecha-se num mundo só dele. É um adolescente muito complicado.

– Mas eu podia tentar...

– Lola, você é muito nova no colégio. Não sabe quantos problemas esse garoto já nos causou.

– Mas, por favor, dona Odília, me dê uma chance e dê uma chance a ele. O Luís Alberto tem se saído muito bem comigo, vem assistindo às aulas com regularidade e participando de todas as atividades. É um garoto sensível ao extremo e que pode produzir bastante se receber uma boa orientação, se encontrar alguém que se mostre seu amigo.

Dona Odília refletiu por um instante, para depois dizer:

– Só para mostrar a você como o Luís Alberto é irredutível, queríamos que ele assinasse, na presença dos pais, um termo de advertência. Pois ele se recusou a assinar. Portanto, se você conseguir que ele assine, podemos reconsiderar nossa decisão de pedir à mãe que providencie a transferência do filho.

Lola ficou exultante.

– Ah, então deixa comigo, que eu vou tentar convencê-lo a assinar a advertência!

Ela se levantou para sair. Dona Odília deu um sorriso e comentou:

– Sabe que gosto muito desse seu otimismo? Como disse em nossa entrevista inicial, pessoas jovens só podem fazer bem ao São Gonçalo. Mas, sem querer decepcioná-la, acho que vai ter uma pedreira pela frente. O Luís Alberto é duro na queda.

Lola pensou ainda em dizer uma bravata, do tipo "mas eu também sou!", mas não disse. Primeiro, porque gostava de dona Odília, que era uma pessoa honesta, leal. Segundo, porque tinha medo de falhar em sua missão. Afinal, estava apenas começando a conquistar a confiança daquele garoto sensível e inteligente, mas, ao mesmo tempo, reservado, rebelde e orgulhoso. E o que ela se propunha fazer, convencê-lo a assinar a advertência, não batia de frente com o modo de ser do Tato?

Por onde, portanto, começar?

"O melhor caminho", pensou Lola, "talvez seja primeiro ligar para a casa dele".

• 8 •
Uma conversa difícil

Foi o que Lola fez. Pegando o número do telefone do Luís Alberto na secretaria, ligou para a casa do garoto. A empregada atendeu e disse que ele não tinha vindo para almoçar e que ela não sabia onde encontrá-lo.

"Paciência, Lola, paciência", disse a si mesma e desligou o telefone, desanimada. Voltou então para casa, almoçou e sentou-se num sofá, pensativa. Tão pensativa que a mãe, conhecendo-a muito bem, perguntou:

– O que foi, Lola, alguma coisa de errado na escola?
– A confusão com um aluno...
– Confusão entre você e ele?
– Comigo, não. Muito pelo contrário. Tenho uma boa relação com ele.

E Lola resumiu todo o problema. A mãe, que era uma pessoa simples e muito religiosa, disse:

– Pois bem, cabe a você, como um bom pastor, trazer de novo a ovelha ao abrigo.

"Grande ajuda", pensou Lola, mas, depois, também percebeu que estava sendo injusta com a mãe. Porque, na verdade, a única saída era essa mesma. Conversar, tentar saber o que atormentava aquele garoto tão novo e trazê-lo de volta

101

a uma tarefa produtiva, a um trabalho em que ele pudesse mostrar o melhor de si. E, assim, ajudá-lo a sair daquele buraco em que havia se enfiado.

Ela telefonou novamente. E nada. Tentou umas duas vezes, em horários diferentes. Até que, numa outra tentativa, quando já estava desistindo, a empregada informou:

— Ele chegou, mas não quis comer e tá trancado no quarto.

Lola pensou se valia a pena se apresentar como professora. Achou que não e preferiu dizer:

— Fala pra ele que é uma colega da escola.

O Luís Alberto demorou a atender ao telefone e, quando o fez, disse com uma voz sumida:

— Alô?

— Tato, aqui é a Lola.

O telefone ficou mudo.

— Alô, Tato, você está aí?

Ele continuou sem falar nada.

— Tato, eu queria muito falar com você — insistiu Lola.

Por fim, ele se dignou a dizer:

— Falar, falar pra quê?

— Pra gente conversar, ué.

— A senhora quer saber por que eu tava fumando um baseado no banheiro? — perguntou ele, com a voz cheia de rancor.

Lola ficou surpresa com a agressividade dele. Por isso mesmo, achou que tinha de ser dura:

— Quem lhe disse que estou interessada nisso? Esse é um problema seu e é você quem terá que resolver na escola.

Ela sabia que a coisa não era bem assim, porque tinha prometido que o faria assinar aquele documento.

– Estou é interessada em *nosso* problema – ela voltou a falar. – Sendo bem clara: você ficou de apresentar, junto com seus colegas, um trabalho e...

– Eles podem muito bem apresentar sem mim – disse o Tato secamente, cortando a fala de Lola.

– Você e eu sabemos que isso não é verdade. O trabalho sem você não será o mesmo.

– E por que a senhora está tão interessada nisso?

– Simplesmente porque não quero falhar como professora.

– Ué, e eu com isso? – disse ele, grosseiramente.

– Em princípio, você não tem nada a ver com isso. Mas, embora não tivesse prometido nada a mim, foi um compromisso que assumimos.

– A senhora é que pensa assim.

– E não devia pensar, Luís Alberto?

Ele ficou em silêncio, para depois responder:

– Sei lá.

Munindo-se de toda coragem, Lola contou a ele uma meia verdade:

– Então, vou lhe confessar uma coisa que não confessei a ninguém. Antes de vir para o São Gonçalo, fui demitida de uma escola. Isso porque, aos olhos da diretora, falhei como professora. E eu não queria que isso se repetisse. É por isso que preciso de sua ajuda para que eu possa realizar meu trabalho decentemente e, com isso, recuperar a minha autoestima.

Tato manteve o silêncio.

"Bom", pensou Lola, "se ele não quisesse me ouvir, já teria desligado o telefone na minha cara".

– Que tal se a gente conversasse mais à vontade? – ela acabou dizendo.

– Conversar? Já não estamos conversando?

– Ficar falando ao telefone não tem muito sentido...

Ele hesitou um pouco para perguntar:

– Tá bom. Onde a senhora quer conversar?

– Eu podia convidar você para comer um lanche por aí, mas talvez fosse melhor se você pudesse vir até a minha casa. Preparo um lanche para nós e conversamos. Que acha da ideia?

Antes que o Tato dissesse alguma coisa, ela acrescentou, dando uma risada:

– Prometo que não vou lhe dar lição de moral.

· 9 ·

A sequência da conversa

Como Lola queria que o Tato não ficasse constrangido, pediu que a mãe fosse visitar uma amiga, também viúva, que morava no bairro do Jabaquara.
— Mas estive lá na semana passada!
— Pois volta lá de novo. Pra botar a conversa em dia.
— Vai receber visita, é? — perguntou a mãe, com um sorriso malicioso, ao ver a filha, muito atarefada, preparando um lanche na cozinha.
— Sim, e a gente queria ficar à vontade.
— Namorado novo?
— Mãe, quer deixar de ser xereta?
Lola arrumou a mesa na sala. A mãe se despediu, dizendo, ainda com malícia, que voltava bem tarde e que, portanto, ela ficasse à vontade:
— Liguei pra Alice, pedindo pra ela convidar a Teresa e a Clara pra gente jogar canastra.
Tato demorou a chegar e, quando entrou no apartamento, parecia constrangido, sem coragem de encarar a professora. Lola serviu a ele um lanche fornido, preparado com rosbife, queijo, salada. De início, ele nem quis comer, mas depois, mostrando que estava com fome, destroçou o sanduíche, acompanhado de um grande copo de refrigerante.

– Vai outro? – Lola perguntou, divertida.

Ele sorriu, já menos constrangido:

– Se a senhora quiser fazer...

Lola preparou outro lanche, que ele também devorou rapidamente. Ainda por cima, não rejeitou um pedaço de bolo e uma taça de sorvete. Quando achou que, resolvido o problema do corpo, precisava atacar o do espírito, ela pensou que tinha chegado a hora de conversar. Ali na mesa mesmo, bebendo uma xícara de café, perguntou:

– Então, vai apresentar seu trabalho?

Tato deu de ombros:

– Não depende mim, a senhora sabe...

– Você quer dizer o tal do documento, não é?

– Isso mesmo.

– Posso saber por que se recusa a assinar um termo de advertência?

Tato disse com agressividade:

– Por que a senhora também quer que eu assine?

– Quem sou eu para querer isso? Apenas quero saber por que se recusa a assinar.

– A senhora acha que devo assinar? – ele perguntou, num tom de desafio.

– Não foi isso que eu disse. Não sou diretora, coordenadora e, muito menos, sua mãe ou seu pai, para achar que deva fazer isso ou aquilo – disse Lola com veemência.

– Meu pai não tá nem aí – ele deixou escapar com raiva.

Lola fingiu que não tinha ouvido aquilo e insistiu:

– Então, não vai responder à minha pergunta?

– É que eu acho que ninguém tem nada a ver com a minha vida.

– Muito bem. Em princípio, você tem razão. Mas não acha também que, para que isso aconteça, precisamos saber como conquistar nossos direitos?

Tato deu novamente de ombros:

– Acho, mas as pessoas não acham.

– Você acha que não estão respeitando seus direitos?

– Acho.

– Como o de fumar maconha no banheiro da escola?

Tato encarou Lola desafiadoramente:

– A senhora acha errado eu fumar maconha?

– Não estou julgando nada.

– A senhora acha ou não acha? – ele insistiu.

– Não estou aqui para julgar se acho errado *você* fumar maconha. Mas já que tocou no assunto, se quer saber a minha opinião, sou contra as drogas. Sejam elas de que espécie forem.

Fez-se um silêncio muito grande entre os dois. Depois de um instante, Lola voltou à carga:

– O que eu também acho é que o direito de um é comprometido quando fere o direito do outro.

– Eu não estava incomodando ninguém fumando meu baseado sozinho, se a senhora quer saber.

– Será? De seu ponto de vista, acha normal que, numa escola, alguém, seja um aluno, seja um professor, um inspetor, a diretora, se feche sozinho para fumar um baseado?

Como Tato continuava calado, ela insistiu:

– Acha?

Teimoso como alguns adolescentes costumam ser, ele disse:

– Sei lá, cada um na sua.

Lola balançou a cabeça:

– Que bela resposta, hein? Um garoto inteligente, um poeta sensível, pensando que o mundo deveria ser formado de pessoas egoístas, fechadas em si mesmas.

E ela completou, com desprezo:

– Cada um na sua!

– Ué, e não é assim mesmo? – disse o Tato, ameaçando se levantar.

Ela segurou-lhe o pulso.

– Luís Alberto! Me diga francamente: você acredita mesmo que todo mundo é assim tão egoísta?

Tato tornou a se sentar, obediente à pressão da mão de Lola.

– A maioria das pessoas é.

– Eu sou egoísta?

– A senhora não... Mas a senhora é exceção.

Lola começou a rir.

– Muito obrigado por me colocar no rol das pessoas que não são egoístas. Mas você não está tendo uma visão muito pessimista do mundo?

– Não sou só eu que penso assim – disse o Tato desafiadoramente. – A gente não viu na peça do Gil Vicente que noventa por cento das pessoas devem ir para o inferno, porque só pensam nelas mesmas?

Lola percebeu que o garoto estava querendo pegá-la numa armadilha, da qual saiu dizendo:

– É papel dos grandes escritores fazer críticas contundentes, porque desejam que as pessoas sejam melhores do que são. Lembre-se da máxima que cabe muito bem ao Gil Vicente: *ridendo castigat mores,* ou seja, "rindo, castigam-se os costumes". Mas, se ele não acreditasse que a humanidade é intrinsecamente boa, não perderia seu tempo escrevendo autos e passando sua mensagem moral. Os autos, além de divertir, serviam também para conscientizar, melhorar as pessoas.

Lola calou-se, porque havia perdido o fôlego de tão entusiasmada que estava com aquela conversa estimulante. Depois de alguns instantes, ela disse:

– Eu particularmente não acredito que a maioria das pessoas é egoísta, que não dá a mínima para os outros.

– A senhora pensa assim, eu não.

– Então, vamos lá, continuando com nossa pesquisa – disse Lola com humor. – A sua mãe é egoísta?

Ele ficou um instante em silêncio, antes de responder:

– Mais ou menos.

– Mais ou menos? Pelo que soube na escola, ela se preocupa muito com você.

– Mãe é mãe – ele disse, com ironia.

– E seu pai?

No ato, Lola percebeu que tinha acertado na mosca, porque o rosto do Tato se fechou. Por isso mesmo, ela insistiu:

– E seu pai? Ele também é egoísta?

– É.

– Posso saber por quê?

– Ele não tá nem aí comigo.

– Vamos aceitar que seu pai seja um egoísta, mas isso é coisa em que eu não acredito. Isso é motivo para que você também seja?

– Quem disse que sou egoísta?

– Ué, foi você mesmo que disse, com aquela história de cada um na sua...

Tato ficou pensativo por algum tempo. Depois, deu um sorriso malicioso e perguntou meio hesitante:

– Se eu..., bem, se eu... assinar aquela droga, a senhora promete que para de me enrolar?

Lola caiu na gargalhada e disse:

– Eu tentando enrolá-lo? Essa é boa. Quem está tentando me enrolar é você! Puxa vida, Tato, até já sei qual a sua futura profissão: advogado! Ou, se quiser, Corregedor, como aquele do Gil Vicente, que tenta enrolar até os capetas.

Os dois caíram na risada. Por fim, Lola apertou o pulso de Tato, olhou para ele com muito carinho e disse:

– Tato, você é demais. Talvez seja por isso que eu goste de você.

Ela estava mesmo exultante. Não sabia se abraçava o garoto, se o beijava, de tão eufórica que havia ficado. Mas a única coisa que fez foi se levantar e dizer:

– Que tal se a gente acabasse com aquele pote de sorvete?

· 10 ·

Tudo numa boa

O Tato acabou assinando o termo de advertência, mas, antes disso, exigiu que Lola estivesse presente no ato. Exigiu também que não lhe ficassem pregando sermões. Isso tudo Lola combinou com a coordenadora e a diretora, comprometendo-se a ficar como uma espécie de fiadora dos atos do Tato daí em diante.

– Está bem. Embora ache descabidas as exigências do Luís Alberto, vamos em frente. Afinal, nosso papel de educadoras implica mais tentar recuperar os alunos do que puni-los – observou com severidade a dona Márcia, a diretora do São Gonçalo.

– Muito obrigada, a senhora...

– Mas há outra coisa – continuou a diretora, interrompendo-a. – É a última chance que damos a ele. E, se quiser saber, vamos fazer isso também porque a Odília intercedeu. Ela acha, talvez com razão, que você, por ter uma grande ascendência sobre o garoto, pode exercer alguma influência positiva sobre ele.

Lola levantou-se, dizendo:

– Muito obrigada. A senhora não vai ter do que se arrepender!

Logo depois, Tato entrou na sala e, sem hesitar um só instante, assinou o documento. Evidentemente, como havia sido combinado, nem a diretora e muito menos a coordenadora lhe disseram uma só palavra.

* * *

Quando Lola voltou para a sala dos professores, como ela estava radiante, mostrando um belo sorriso, o Oscar lhe perguntou:

– E aí? Conseguiu resolver o problema?

– Consegui! – ela disse com entusiasmo. – Ele foi perdoado!

– Ótimo – comemorou o Décio, ante o olhar escandalizado da Neide. – O garoto fez uma besteira, mas quem não fez besteira quando jovem? Eu mesmo aprontava cada uma! Lembro uma vez que enfiei um sapo na bolsa da professora de Português. O bicho começava a cantar "coach, coach", e ela: "Vocês aí do fundão! Vamos parar com esse barulho!". Depois, quando viu o sapo dentro da bolsa, nem te conto. Foi um escândalo. É claro que descobriram que tinha sido eu!

Despeitada, a Neide comentou:

– Uma coisa é colocar um sapo na bolsa da professora, outra coisa é ficar consumindo droga na escola!

O Décio deu de ombros:

– Se você quer saber, quando eu era jovem também andei dando meus tapas por aí...

– Décio! Você não tem vergonha de dizer uma coisa dessas?! – replicou ela, escandalizada.

– Dizer o quê? – ele perguntou, muito pachorrento.

– Que justifica o que o moleque fez? Que é a favor das drogas?

– Neide – ele falou, mudando o tom –, não estou justificando nada. Além disso, se quer saber, sou frontalmente contra as drogas. O que eu quis dizer foi que fiz minhas besteiras quando jovem. E que, por isso mesmo, sei compreender quando alguém também faz uma besteira, principalmente um jovem. É por isso que, apesar das aparências, ainda me considero um educador.

Fez-se silêncio na sala dos professores. O Décio nunca tinha falado daquele jeito! E com tanta veemência.

"Quem vê cara não vê coração", pensou Lola, admirada. Se ela tinha gostado do Décio desde a primeira vez que o tinha visto, contando piadas, parecendo irresponsável, gostava ainda mais dele agora.

– Pois eu acho – insistiu a Neide, muito teimosa – que isso tudo é uma pouca-vergonha. Por mim, punha ele pra fora. Pra dar exemplo.

E, lançando um olhar enviesado para a Lola, concluiu:

– Mas tem quem goste de mimar vagabundo...

E saiu, muito empertigada e com o nariz empinado.

– Jararaca – murmurou o Décio pelas costas, quando a viu longe.

Os demais professores caíram na gargalhada. Definitivamente, a Neide não era nada popular na escola.

* * *

Naquele dia, Lola nada deu de muito especial no 1º A. Apenas recapitulou os pontos mais importantes sobre o auto de Gil Vicente, procurando esclarecer as dúvidas dos alunos. Mas nem podia ser diferente. Sua cabeça estava a mil. Não deixava de olhar com admiração, com orgulho para o Tato. Ela tinha conseguido! Ele tinha conseguido! E, afinal, o mais importante era que o trabalho seria realizado. Apesar de todos os pesares! Lola estava tão contente que até deixou de se preocupar com o que ia ser apresentado pelos alunos. Viesse o que viesse. Ela tinha certeza de que o resultado seria o melhor possível. Mesmo que ferisse algumas suscetibilidades. Ah, ela não podia se preocupar com isso. Confiava no Tato. Sabia que ele não ousaria magoá-la, preparando com os colegas alguma coisa que fosse grosseira, ofensiva e que pudesse comprometê-la com a direção.

Como haviam combinado, a apresentação seria feita no auditório da escola, numa sexta-feira à noite. Exigência do Tato.

– No auditório? Por que não fazem na classe mesmo? – ela questionou, curiosa.

– Aqui é muito apertado. Não tem graça – teimou o garoto.

– Posso saber o que vocês estão querendo aprontar? – perguntou, sem esperança de obter resposta.

– Na hora a senhora vê, profe. Na hora a senhora vê – disse a Ema, com um jeito misterioso.

IV

O AUTO DO BUSÃO DO INFERNO

• 1 •
Preparativos

Enquanto não chegava a sexta-feira, Lola andou numa agitação muito grande. Isso porque estava bastante ansiosa. Ardia de curiosidade por saber como seria a apresentação. Mas a curiosidade não era só dela. O restante da classe também andava curioso. E o grupo do Tato tratava o trabalho como segredo de Estado. Até a Mortícia, que era muito linguaruda, não deixava escapar nada. Quando vinham sondá-la sobre o conteúdo da apresentação, dizia com o mesmo ar de mistério da Ema:

– No dia vocês vão ver, no dia vocês vão ver...

Mesmo assim, alguma coisa andou vazando. Era voz corrente na escola que os alunos do 1º A estavam preparando um trabalho que fazia críticas a certos professores. Quais professores? Todo mundo sabia. Aqueles mais chatos e de quem ninguém gostava.

Lola procurava segurar sua ansiedade. O remédio era esperar. E que mal havia nisso? Afinal, surpresas não são agradáveis? Não dão ânimo e colorido à vida, que, às vezes, parece tão chata, tão monótona?

E assim Lola entregou-se com mais ânimo ao trabalho, preparando aulas, corrigindo provas. Ela andava cansada, mas feliz, não vendo a hora de poder assistir à apresentação do trabalho do grupo do Tato.

E foi no meio dessa confusão toda que ela teve uma ideia que procurou amadurecer durante uma noite de insônia. A ideia era a seguinte: e se fosse atrás do pai do Tato e o convencesse a ver a apresentação do filho? Se conseguisse isso, tinha certeza de que o Luís Alberto ia ficar feliz. Tinha percebido que talvez o grande nó do garoto era a relação conflituosa com o pai. Não custava nada a ela tentar desfazer aquele nó. Por isso mesmo, no outro dia, apesar da noite sem pregar o olho, acordou disposta a ir conversar com o pai do Tato. A primeira coisa que fez, portanto, foi pegar o telefone do Jaime na secretaria da escola e marcar uma entrevista.

Mas a recepção que teve não foi das melhores. Para começar, foi uma dificuldade muito grande marcar a entrevista, porque a agenda do homem estava cheia. Sem contar que a secretária insistiu em querer saber o teor da conversa.

– É da escola dele.

– É urgente, minha senhora?

– Tem a sua urgência.

Afinal, a secretária, com muito custo, conseguiu marcar uma entrevista de apenas quinze minutos. Mas Lola, quando chegou ao escritório, ainda teve que esperar um tempo enorme na sala da secretária.

– O doutor Jaime teve um negócio urgente pra resolver e pediu pra senhora aguardar uns minutinhos.

Os minutinhos transformaram-se em quase meia hora. Quando, afinal, entrou na sala do doutor Jaime, ela mal sentou na frente da escrivaninha e ele já foi perguntando, de cara fechada:

– O que foi que o meu filho aprontou desta vez?

– Como assim?! – perguntou, espantada.

– A senhora não é do colégio São Gonçalo?

– Sim, sou a professora de Português.

– Eu gostaria de dizer à senhora que poderia ter poupado o seu tempo e o meu pra vir falar o que o Luís Alberto andou aprontando. Um simples telefonema e...

– O senhor me desculpe, mas ele não aprontou nada.

– Não aprontou? Vocês só me telefonam da escola pra dizer que ele andou aprontando!

– Não desta vez.

Ele pareceu desconcertado, mas logo se recuperou, cruzando as mãos e perguntando, de um jeito seco:

– O que então traz a senhora aqui?

Sem muitos rodeios, Lola explicou o que desejava: que ele fosse ver a apresentação do trabalho do filho.

– Professora...?

– Lola.

– Professora Lola, quando a senhora quis marcar uma entrevista comigo, minha secretária deve ter lhe informado que sou um homem muito ocupado. Como a senhora insistiu em ser recebida, presumi que fosse assunto dos mais sérios. Mas parece que vem apenas me convidar pra ver um trabalho do meu filho. Sinto muito, não tenho tempo pra esse tipo de coisa. Pago a escola do Luís Alberto, e olhe que pago muito bem, a fim de que vocês professores cuidem disso e não venham me incomodar.

Lola ficou chocada com a frieza do homem. Mas ela não ia desistir assim tão fácil.

– Entendo que o senhor seja um homem ocupado, mas seria muito importante para o Luís Alberto que o senhor se dispusesse a dar a ele um pouco de atenção.

– A senhora, por acaso, é psicóloga? – ele perguntou com rispidez.

– Não, não sou.

– Então, como está se metendo nesse assunto das minhas relações com meu filho?

Ele era mesmo duro na queda!

"Pobre Tato", Lola pensou.

– Estou me metendo nesse assunto porque sou uma educadora e porque vejo que o Luís Alberto sente sua falta.

– Ele andou se queixando de alguma coisa pra senhora?

– Não propriamente.

– Então como pode saber disso?

Lola respirou fundo e hesitou um pouco antes de falar:

– Bem, para falar a verdade, outro dia ele se queixou de que o senhor não está nem aí com ele.

O doutor Jaime empalideceu, mas logo se recuperou:

– Eu não podia esperar outra coisa dele. O Luís Alberto é um ingrato, pois não tem noção do esforço que faço pra pagar a escola dele, pra dar a ele o sustento.

– Talvez ele precisasse de uma aproximação maior, de mais afeto – ela arriscou.

– E a senhora acha que, só pelo fato de eu ir até o colégio ver um trabalhinho escolar do meu filho, minha relação com ele vai melhorar?

– Acredito sinceramente que sim.

– Mocinha, o buraco é mais embaixo. A senhora não sabe de nada da nossa vida. Por mais que me esforce, esse menino só tem me dado desgosto. Tentei de tudo, até me propus a pagar o tratamento dele com os melhores psicólogos.

– E o senhor não acha que um gesto seu poderia...?

O homem olhou para o relógio. Ele parecia pouco à vontade.

– A senhora vai me desculpar, mas tenho um compromisso urgente – disse ele, ameaçando se levantar.

– O senhor não disse se vai ou não ver a apresentação do Luís Alberto.

– Já lhe disse que sou um homem muito ocupado! – bradou ele, com impaciência. – E não vou perder meu tempo com essas bobagens que vocês professores, na falta do que fazer, ficam inventando nas escolas. Aquele moleque está precisando é de uma ocupação! De professores que deem a ele uma educação de fato.

Diante da grosseria, Lola levantou-se e, rubra de indignação, não conseguindo mais se conter, disse:

– O Luís Alberto não merece mesmo o pai que tem! O senhor é uma pessoa fria, insensível! Passe bem.

Quando ia sair da sala, para sua surpresa, ele a chamou:

– Professora, por favor.

Lola voltou-se.

– A senhora me desculpe. Por favor, vamos conversar.

Ela veio até a cadeira e sentou-se.

– Novamente, peço-lhe desculpas. Tive um dia terrível hoje, em que nada deu certo. Mas esse não é um problema seu, não é?

Lola ficou impassível, olhando aquele homem que tinha a face e a testa vincadas. Parecia tenso, nervoso. Generosa como era, ela então não pôde deixar de sentir pena dele.

– A senhora disse que a apresentação do trabalho vai ser na sexta... – disse ele, consultando uma agenda.

– Sexta à noite, a partir das oito.

– Ah, à noite... Melhor! Tinha um jantar de negócios, mas acho que posso adiar para a próxima semana... Não sei...

Ele pressionou um botão no interfone, consultou a secretária e depois voltou a conversar com Lola:

– Esta semana está infernal. Tenho compromissos inadiáveis, mas vamos ver...

"Ele diz isso como se estivesse me fazendo um grande favor", pensou Lola, com raiva. Mas era a autoestima do Tato que estava em jogo. Por isso mesmo, apesar de seu desejo em contrário, continuou ali diante daquele homem, não vendo o momento de ir embora.

Por fim, ele deu um suspiro:

– Está bem, vou ver o que posso fazer. Mas gostaria que a senhora não contasse nada a meu filho. Pode acontecer um imprevisto e...

"Claro que não vou contar", Lola falou em pensamento. Se aquele homem que só pensava em trabalho e dinheiro fosse à apresentação, coisa de que estava duvidando, seria uma bela surpresa para o Tato. Se ele não fosse, pelo menos não seria ela a causar mais uma decepção para o garoto, criando nele uma falsa expectativa.

– Agradeço de coração ao senhor, por ter compreendido o problema – ela disse com muito esforço. – Verá que o Luís Alberto ficará feliz com sua presença.

Lola voltou para casa aliviada. Como tinha sido difícil conversar com aquele homem! Mas, pelo menos, havia feito a sua parte. Só faltava agora que o doutor Jaime, como pai, fizesse a dele.

* * *

Na quinta-feira à noite, Lola, como de costume, estava corrigindo trabalhos em seu quarto, enquanto sua mãe via novelas na sala. De repente, o telefone tocou. Ela atendeu e ouviu uma voz familiar:

– Lola?

– Arthur! – ela exclamou.

– Telefonei pra saber como você está passando...

– Ah, vou indo...

– Muito trabalho na escola?

Ela percebia que aquelas perguntas formais escondiam alguma coisa.

– Trabalho é o que não falta.

– Ah.

– E você?

– Também tenho trabalhado bastante.

Ele se calou. Depois de alguns segundos, ela perguntou:

– Arthur, você está querendo me dizer alguma coisa?

Ele hesitou, mas, repentinamente, falou todo atrapalhado:

– Eu queria te dizer, sabe, eu queria... Olha, Lola, eu não aguento mais viver sem você. Minha vida tá muito chata. Sei que pisei na bola, fui injusto dizendo aquelas coisas estúpidas.

O coração de Lola bateu acelerado no peito. Ele voltou à carga:

– Você me perdoa?

Lola sentiu um nó na garganta e não conseguiu dizer nada. Assim, ele interpretou o silêncio dela como uma espécie de negativa.

– Puxa, Lola, você podia me dar uma chance. Eu amo você, eu te adoro. Você é a coisa mais importante da minha vida. Não sou nada sem você.

Sem conseguir se conter, ela começou a chorar.

– Lólis, eu te magoei, né? Eu sou uma besta, um idiota, mas prometo que tudo vai mudar.

Ela continuava a soluçar, e ele acabou implorando:

– Pelo amor de Deus, Lólis. Fala comigo, vai.

– Também te amo, Tuco – ela afinal conseguiu dizer.

Ah, ela se sentia feliz, muito feliz! Chorava era de felicidade. O quanto não tinha esperado aquele telefonema para pôr fim a uma bobagem!

– Lólis, Lólis, não sei mais o que dizer – ele falou com a voz embargada.

– Não fala nada, Tuco, fica aqui comigo. Do meu lado.

E eles ficaram mudos ao telefone, ouvindo a respiração, os soluços um do outro. Até que, por fim, ele quebrou o silêncio, pedindo:

– Eu queria ver você.

– Então, vem me ver.

– Só que agora não posso. Estou em Recife...

Por um instante, Lola ficou decepcionada, mas logo se corrigiu, dizendo:

– Quando você volta?

– Amanhã estou de volta. Tomo um avião e logo estou em São Paulo.

– Então, a gente se vê amanhã.

– Amanhã sem falta, meu amor. Que tal se a gente saísse pra jantar?

Foi então que Lola teve uma inspiração:

– Eu queria que você fosse comigo a um lugar especial.

– Um lugar especial? – perguntou o Arthur, radiante, pensando num novo barzinho ou restaurante.

– Amanhã, os alunos vão apresentar um trabalho na escola, e eu queria que você fosse comigo ver.

– Claro que eu vou! Será o maior prazer!

E em seguida ele perguntou, um pouco preocupado:

– Não é durante o dia, né?

– Não, é à noite, às oito.

– Ainda bem – disse o Arthur, dando um suspiro de alívio. – Pela manhã ainda tenho umas reuniões aqui em Recife. Mas às sete estarei aí sem falta pra pegar você.

– Estarei te esperando.

– Lólis, te amo, te adoro.

– Tuco, te adoro, te amo.

Evidentemente, Lola não conseguiu dormir direito naquela noite. "Ah, o Tuco não se esqueceu de mim! Ah, ele me ama!", era o que passava em seu pensamento. Não se esquecia da voz dele, do jeito que tinha dito que não podia viver sem ela. E ela, igualmente, não podia viver sem ele. Como havia sido difícil suportar aqueles meses todos sem o Tuco a seu lado. Ela nem sabia como tinha encontrado forças para viver sozinha. Afinal, o Tuco não era o sol que iluminava sua vida?

E Lola, antes de dormir, ainda pensou em como havia de se produzir para ver o Tuco. Ela era a Lólis que ele tanto amava! Do fundo do coração. Foi com um sorriso de plena felicidade que ela adormeceu naquela quinta-feira especial.

· 2 ·
A apresentação

Quando Lola apareceu no São Gonçalo com o Arthur, não deu outra: as garotas se aproximaram, cochichando entre si e comentando sobre o gato que vinha com a professora. A Fofinha, inclusive, chegou a piscar o olho para ela, dizendo:
— Aí, hein, profe!
Eles entraram no pequeno auditório, e Lola foi recebida com aplausos e gritos:
— Profe! Profe!
— Puxa vida, você é bastante querida aqui, né? – comentou o Arthur, admirado.
O salão estava parcialmente cheio, porque só parte dos alunos do curso médio havia comparecido, além da coordenadora pedagógica e alguns professores, dentre eles o Décio, o Oscar, a Neide e o João Carlos. Lola estranhou a presença desses dois últimos. O que eles estavam fazendo por ali? Talvez querendo conferir se eram verdadeiros certos rumores, que corriam entre os alunos, de que ambos seriam citados no trabalho. Ela então sentiu um frio correr pela espinha, porque preferia que a Neide e o João Carlos não tivessem comparecido. O que mais desejava era uma excelente apresentação e nenhuma confusão.

"Mas seja o que Deus quiser", ela pensou, sentando-se com o Arthur a seu lado.

Enquanto esperavam, ela correu os olhos pelo salão e viu que alguns familiares dos alunos tinham comparecido, entre eles a mãe do Tato. Mas do pai dele não viu nem sombra. O que ela podia fazer, se o homem era mesmo insensível?

A luz foi apagada, mas, antes que as cortinas se abrissem, o Tato entrou no palco, todo desengonçado, acompanhado por um foco de luz. Ele vinha vestido de um jeito engraçado. Usava uma capa negra que o envolvia todo e, na cabeça, trazia uma boina enfeitada com uma pena. Levava nas mãos um papel enrolado como um pergaminho. Ao reconhecê-lo, alguns alunos começaram a gritar:

– Poste! Poste!

– Respeitável público! – ele bradou, empostando a voz.

Todos ficaram em silêncio. Tato desenrolou o pergaminho e, fingindo que lia, começou a recitar:

Eu me chamo Gil Vicente,
Escrevo peças e autos.
Dentro ou fora deste palco,
Sou um cara bem decente.
Em minha vida real,
Gosto de toda a gente.
Sou um cara que nunca mente
E que a ninguém faço mal.

Mas é só escrever um auto
E viro o diabo, um capeta!
Meto a minha marreta
Em quem usa salto alto.
Eu mando para o inferno

Rico, malandro e pobre,
Quem tem ou não tem uns cobres,
Quem usa e não usa terno.

Gente, cuidado comigo!
Ninguém me encha o saco,
Que de pancada eu mato!
Melhor me ter como amigo.
Meus caros, sejam decentes,
Não venham com sacanagem,
Que lhes presto homenagem,
Eu, o autor Gil Vicente.

E hoje chamo a sua atenção,
Pois lhes apresento um auto
Excelente, neste palco,
Com boas falas e ação.
Meus senhores e senhoras,
Neste palco bem moderno,
Começamos bem agora
O *Auto do busão do inferno.*

Terminando de falar, o Tato fez uma grande reverência e foi bastante aplaudido. Quando ele se levantou, ao olhar para a plateia, pareceu ficar desconcertado, sem saber o que fazer. Lola seguiu seu olhar e teve uma surpresa. Lá nas últimas fileiras, encontrava-se o doutor Jaime, o que explicava por que o garoto tinha ficado tão atarantado. Nem é preciso dizer que Lola ficou tocada com aquilo. Ah, ela havia conseguido convencer aquele homem de pedra! Emocionada, ela apertou a mão do Arthur e encostou a cabeça no ombro dele.

· 3 ·

Abrem-se as cortinas e começa o espetáculo

Nisso, as cortinas se abriram, e a plateia caiu na gargalhada quando viu o cenário, que não passava de dois ônibus, feitos de papelão, pedaços de madeira e plástico. Um deles, pintado de vermelho e preto, era todo cheio de remendos. Na frente, trazia escrito: "ÚLTIMA PARADA – INFERNO". No vidro de trás, apareciam escritos os seguintes dizeres: *Dinterim bebim* e *Nóis kapota mais num breka*. O outro veículo era simplesmente o pedaço de um anúncio, com certeza tirado de um *outdoor*, e que fazia a propaganda de uma companhia de ônibus. O veículo era novo, todo azul, e trazia uma placa na frente, onde se lia a palavra "PARAÍSO".

Mas as gargalhadas se tornaram mais intensas quando entraram dois diabos, usando roupas de cantores sertanejos em cores berrantes. Na cabeça, levavam um chapéu de caubói furado, por onde passavam os chifres. Um deles carregava um tridente, o outro, um *laptop* e um violão. Não foi difícil para Lola reconhecer naqueles diabos a Soraya e o Wander. Evidentemente, os colegas também os reconheceram, porque começaram a gritar:

– Ema!
– *The dark side of the moon!*

Educada como ela só, a Ema mostrou a língua, o que provocou vaias e apupos.

E teve início o espetáculo. Um dos diabos começou a tocar o violão, e os dois, muito desafinados, puseram-se a cantar:

Toda vez que viajamos
Pelas estradas do inferno,
Muita gente condenamos
Às penas do fogo eterno.

Deixando a viola, um dos diabos, o maior deles, o Wander, pegou o *laptop* e fez que acessava um arquivo. Em seguida, comentou, entusiasmado, a lista de almas que ambos iam receber naquele dia para julgar:

Capetão
– Louvores a Belzebu! Me alegro eu e deves te alegrar tu! Hoje temos papa-fina, amigo Diabim!

Diabim
– Papa-fina? Já era mais que tempo, *brother*! Semana passada, só veio porcaria: cachaceiro, pé de chinelo, maloqueiro.

Capetão
– Que que é isso, meu? Tá esquecido? Ontem mesmo apareceram uns caras da pesada. Aquele terrorista, por exemplo...

Diabim
– É, pensando bem, você tem razão. O tal do terrorista era mesmo fogo. Veio com aquelas bombas amarradas no corpo e, quando se explodiu, quase levou o inferno pelos ares. Seu Belzebu ficou louco da vida!

Capetão

– Pois é, cara, o seu Belzebu me deu uma bronca... Disse que a gente anda muito relaxado, deixando entrar qualquer um sem fazer a revista. De agora em diante, não entra gente nem com canivete de unha!

(apontando para o ônibus)

– E falando em relaxado, vê se dá um jeito nesta jabirosca, que tá caindo aos pedaços. Hoje vamos receber um lote de primeira e eu não quero, como daquela vez, cair do barranco com todo o povo.

Diabim

(coçando a cabeça e dizendo para si mesmo)

– Puxa, eu sabia que ia sobrar pra mim. Até serviço de mecânico eu tenho que fazer. Custava seu Belzebu comprar um busão novo que nem o do céu?

(em seguida, ele se aproxima do Capetão, tentando ver o que o parceiro está olhando no laptop)

– Que que a gente tem de legal aí?

Capetão

(procurando esconder o laptop para mostrar autoridade junto ao companheiro)

– Peraí, que já te passo a lista. Não é lá muito grande, mas tem material de primeira.

(Capetão volta a consultar o laptop)

– Veja lá: temos um professor.

Diabim

– Um professor? Professor do quê?

Capetão

– Sei lá. Aqui não fala. Mas por que tá interessado?

Diabim

– O povo daqui anda muito ignorante. Seu Belzebu bem que podia montar uma escola...

Capetão

– Do jeito que esse povo lá de cima anda sem-vergonha, era capaz de eles começarem a vender diplomas.

Diabim

– É mesmo, né, *brother*? O mundo tá perdido. Mas o que você tem ainda de freguês novo?

Capetão

– Uma *socialite*...

Diabim

– Socia... o quê?

Capetão

(fazendo um ar de superioridade e pronunciando bem as sílabas)

– "So-cia-lai-te."

Diabim

– O que que é isso?

Capetão

(falando com desprezo)

– É a droga de uma madame. Tipo a fresca que gosta de aparecer nas revistas de gente rica, que anda cheia de joias e com cachorrinho peludo no colo.

Diabim

– Legal, *brother*! E o que mais que vem aí?

Capetão

– Um político.

Diabim

– Um vereador?

Capetão

– Que mané vereador o quê! Gente da pesada. Um senador!

Diabim

– E o que mais tem aí, amigo Capetão?

Capetão

(fechando o laptop*)*

– Um tonho de um imbecil e um motoqueiro que morreu debaixo de uma carreta, na Marginal.

Diabim

(refletindo um pouco)

– O que será que tá acontecendo lá em cima, mano? De repente, sem mais nem essa, mandam gente que nem dá gosto torturar!

Capetão

– Sei lá o que tá acontecendo. Acho que deve tá rolando muita guerra, muita sacanagem, muita sujeira.

(Capetão se aproxima de Diabim
e cochicha em sua orelha)

– Se você quer saber, ó cara, acho que o inferno tá mudando lá pra cima. Nunca, em meus anos de serviço, vi tanta coisa ruim assim. E olha que tô trabalhando aqui uma pá de século.

Diabim

(esfregando as mãos)

– Melhor pra nós, né? Vai dar pra gente se divertir um bocado.

Capetão

– E, falando em se divertir, cara, te prepara, que o primeiro mala tá chegando.

A essa altura, a plateia ria sem parar. Os dois diabos eram mesmo impagáveis, ainda mais vestidos de cantores de dupla sertaneja.

Nisso, entrou no palco o primeiro candidato a ser julgado pelos diabos. Era o Tato, que usava um avental branco e carregava livros e uma caixa com giz. E, então, a nova personagem foi interpelada pelo diabo Capetão:

Capetão

– Podemos saber quem é Vossa Senhoria?
(a nova personagem respondia, fazendo uma reverência)

Professor Igue Norante

– Sou o professor Igue Norante. Especializado em *Coisanenhuma*, grande enrolador de alunos.

Capetão

– Igue Norante? Qual o motivo de o senhor ter um nome tão estranho?

Professor Igue Norante

– Porque não sei nada de nada e finjo que sei. Não entendo de coisa nenhuma, mas falo tanto e de tudo que pensam que sei. Dou aula de Química, de Física, de Matemática, mas, quando divido quatro por dois, não sei por quê, só dá número ímpar. Dou aula de História, contudo confundo o imperador Nabucodonosor com Sabugonahortadosenhor, Pedro Álvares Cabral com Maurício de Nassau. Falo latim, grego, japonês, inglês e nem mesmo sei português...

Diabim
(fingindo admiração)

– Que potência!

Professor Igue Norante
(com um ar de superioridade)

– Mas vocês não viram nada! Consigo também ser duas pessoas numa só.

Diabim
(incrédulo)

– Mas isso é impossível!

Professor Igue Norante

– Impossível coisa nenhuma. Querem ver?

O Tato virou de costas para a plateia. Quando se mostrou novamente de frente, para alegria e risadas dos alunos, estava mudado. Isso porque tinha colocado alguma coisa sob a blusa que se parecia com seios. E ele então começou a andar rebolando, enquanto dizia com uma entonação de voz diferente.

Professor Igue Norante
– Quando os alunos estão irrequietos, eu os seduzo com este meu corpinho de *miss*...
(levantando os braços e desfilando no palco)
– E, então, sou eleita a *miss* Barbie do Paraguai!

Os olhares todos da plateia se voltaram para a professora Neide, que tinha uma expressão de ódio na face. E o Tato, impiedoso, voltava à carga, mostrando um ar de profundo desprezo.

Professor Igue Norante
– Mas quando nem mesmo assim se comportam, eu digo a todos eles, fulminando-os com meu olhar gelado de cobra: "Vocês não passam da escória da humanidade!".
Capetão
(dizendo com ironia e aplaudindo)
– Muito bem, gostei de ver, ilustre mestra!
Professor Igue Norante
– Agora, nos momentos de grande algazarra, sou outra pessoa, o Professor Sapo Cururu, e a primeira coisa que faço é chutar a porta!

E o Tato, depois de retirar os falsos seios de sob a blusa, arregalando bem os olhos e parecendo furioso, metia o pé numa cadeira. Lola reparou que os alunos, em peso, tinham desviado o olhar da professora Neide para se fixar no João Carlos.

Diabim

– E eles entram na linha, preclaro mestre?

Professor Igue Norante

– Se não entram, começo a distribuir zeros. É só alguém piscar, um zero; alguém sussurrar, outro zero. Adoro dar zeros! Se um aluno que odeio vai tirar um dez, corrijo até vírgula, só pra dar um zero. Se um deles me diz: "Professor, acertei quase toda a questão, só me esqueci de colocar um número", eu lhe respondo: "Zero pela desatenção! Da próxima vez, fique mais esperto". Ai, o zero, que número fantástico! O melhor dos números! Se a gente só usasse o zero, eliminando os outros números, já pensou que beleza? Simplificava a Matemática, a Física! Um mais um igual a zero, trezentos e oitenta e três vezes duzentos e quarenta e um igual a zero... Que maravilha o meu sistema! O Universo reduzido a *nada*!

Nisso, Lola ouviu um barulho de cadeiras arrastadas. Então reparou que a Neide e o João Carlos, parecendo furiosos, deixavam o auditório. Ela respirou aliviada, porque a presença deles ali incomodava. Mas estava aliviada também porque o Tato, afinal, não tinha dito nenhuma inverdade, nem representado nada de ofensivo.

E o Tato voltava à carga, quando o Capetão perguntava ao Professor Igue Norante sobre sua formação escolar.

Professor Igue Norante

– Minha formação? Que formação? Eu comprei o diploma, meu caro! Aliás, em casa, tenho diploma de qualquer curso que você pensar. Posso dar aulas do que eu quiser: Matemática, Português, Filosofia, Culinária, Moda... Mas estudar... estudar pra quê? Conheço tanto empresário, tanto político analfabeto e que hoje está podre de rico...

Capetão
(balançando a cabeça)

– Estudar mesmo pra quê, né? Nosso chefe, o seu Satanás, nunca quis saber de estudar e virou o rei dos capetas... Por isso que aqui no inferno não tem escola. Nisso, Vossa Senhoria tem razão.

Professor Igue Norante

– Eu sempre tenho razão. Aliás, é uma coisa que procuro passar pros alunos. Comigo, não tem papo, não tem essa coisa de diálogo. Aluno tem que ficar quietinho, sem dar um pio. Falo, falo, sem parar, e eles ficam copiando até a mão doer.

Diabim

– E o senhor podia explicar pra gente qual é o seu método de ensino?

Professor Igue Norante

– Método? Pra que método? Falo e falo sem parar, e eles ouvem e ouvem sem parar. Sei que as coisas entram por uma orelha e saem pela outra. E daí? Falo de tudo, ensino qualquer coisa: História, Geografia, Português, Ciências, Matemática. Como num liquidificador, misturo tudo, e os alunos aprendem a interdisciplinaridade! Querem um exemplo? Lá vai: "Quando Pedro Álvares Cabral descobriu o Brasil, aqui havia muitas espécies de plantas, como a *ornitorrincus foliaria*, a *ornamenta coliada*, a *maltusia cervejalia*. A nossa economia era muito eficiente, porque os navios iam cheios de plantas e voltavam com tecidos, ouro, carros importados, com motores flex. Isso porque a camada de ozônio, que é feita de números pares e ímpares, está sendo afetada com a emissão do gás carbólico. Vocês sabem a origem da palavra carbólico? Vem do latim, *carbolicus*, um substantivo neutro, mas que pode ser um verbo e uma conjunção adversativa".

Capetão

– Puxa vida, mestre Igue Norante! Não entendi bulhufas!

Professor Igue Norante

– Pois não é pra entender mesmo. Falo difícil só pra enganar os alunos.

Capetão

– Preclaro mestre, por favor, me esclareça então uma coisa. Por acaso, todos os professores são como Vossa Senhoria? Estúpidos, desonestos, enroladores?

Professor Igue Norante

– De modo nenhum! A maioria dos professores é trouxa, não é esperta como eu. Muitos mestres recebem um salário ridículo e, assim mesmo, continuam insistindo em estudar, em educar. E eu pergunto: estudar pra quê, educar pra quê, se os alunos não querem saber de nada? Educação pra mim é no chicote. Agora, tem os imbecis, e olhe que conheço um monte de professor assim, aqueles que não param de estudar, que pensam que educar é na base do diálogo, do carinho... Onde já se viu? Nada como um bom castigo pra pôr essa escória na linha!

A essa altura, a plateia tinha ido ao delírio completo. O Décio fazia um escândalo danado, dando gargalhadas estridentes e bradando:

– Ai, eu morro! Ai, com essa, eu morro!

O Arthur, a certa altura, disse para a Lola:

– Lólis, esse garoto é genial! Mas que coisa mais legal que eles estão fazendo! Puxa vida, vocês estão de parabéns!

Lola sentiu uma emoção profunda. Sabia do talento do Tato, mas nunca podia imaginar que ele fosse capaz de fazer uma paródia tão bem feita do *Auto da barca do inferno*, a ponto de empolgar a plateia daquele jeito.

Veio então o primeiro veredicto:

Capetão
– Meus parabéns, preclaro Mestre! Gostamos tanto de Vossa Senhoria que o convidamos a passar um bom tempo conosco. Faça, portanto, o favor de ingressar neste nosso busão infernal.

Professor Igue Norante
– Sinto muito, senhores. Como educador, mereço um carro melhor. Ao do paraíso me dirijo.

(sem cerimônia, a Ema lhe enfiava o tridente no traseiro)

Diabim
– Vamos lá, seu trapaceiro! Peça licença ao MEC do inferno e vai montar sua escolinha de sem-vergonhice e ignorância!

O Professor Igue Norante saía de cena. Capetão pegou o violão e os dois diabos cantaram a modinha de abertura:

Toda vez que viajamos
Pelas estradas do inferno,
Muita gente condenamos
Às penas do fogo eterno

Logo depois, vestido de terno e gravata, entrou outra personagem que era recebida pelo Capetão.

Capetão
– Posso saber quem é Vossa Senhoria?

Doutor Epaminondas
– Sou o doutor Epaminondas, senador. Mas já fui vereador, deputado estadual, deputado federal, prefeito, governador e até presidente da República!

Diabim

– E a que partido o senhor pertence?

Doutor Epaminondas

– A nenhum e a todos. Era do PRN, mudei pro PT, do PT fui pro PL, do PL corri pro PV. Mas também já fui do PMDB e do PSDB.

Capetão

– E como o senhor começou sua carreira política?

Doutor Epaminondas

– Eu sou do povo! Tenho cheiro de povo! Se quiser saber, nunca trabalhei e sempre vivi de rolo, mas, graças ao voto do povo, me elegi. Como vereador, apresentei projetos originais, dando o nome de meus pais e avós para as ruas principais de São Paulo, depois instituindo o dia do Saci-Pererê, da Mula sem cabeça, da Cuca, pra enaltecer os valores da pátria. Como deputado, fiz mais de mil projetos, um sobre calçar as ruas com garrafas de refrigerante usadas, outro sobre proibir mascar chicletes nos cinemas, outro ainda sobre permitir que fumantes tenham o direito de fumar debaixo d'água nas piscinas.

"O Tato é mesmo um camaleão", pensou Lola. Como era capaz de interpretar, com muita vivacidade, com muito humor, os defeitos de um professor e de um político! Mas o auto continuava, implacável, com a intervenção do Capetão.

Capetão

– E Vossa Senhoria ficou rico com seus mandatos?

Doutor Epaminondas

– E não haveria de ficar? Político que não fica rico é burro ou...

Capetão

– Honesto.

Doutor Epaminondas

– Político honesto?! Ha-ha-ha! Não me faça rir. É mais fácil um camelo passar pelo buraco de uma agulha do que aparecer um político honesto.

Diabim

– Então, conta pra gente como é que o senhor ficou rico.

Doutor Epaminondas

– Coisa mais fácil. A cada projeto que eu aprovo, recebo 15, 20% de comissão. Pra mudar de partido, também levo uma bolada. Vendo meu passe que nem jogador de futebol, ou seja, para quem der mais grana. Ha-ha-ha. Vocês se lembram do caso daquelas ambulâncias? Pois eu estava no meio do rolo. Ganhei uma grana preta com aquelas licitações.

Capetão

– E o senhor não corre o risco de ser preso? Com tanta comissão de inquérito no Congresso...

Doutor Epaminondas

– Preso? Prisão é pra pé de chinelo. Nós políticos temos imunidade parlamentar. A gente pode aprontar adoidado, que ninguém vai preso.

Diabim

– Me diga uma coisa, doutor. Com tanto escândalo, como o senhor consegue se reeleger sempre?

Doutor Epaminondas

(estufando o peito e dizendo com uma voz empostada)

– Porque sou amigo do povo, e o povo sabe reconhecer o que fiz por ele.

Capetão

– E o que o senhor fez pelo povo?

Doutor Epaminondas

(aproximando-se dos dois diabos e dizendo
como se fosse em segredo)

– Vocês querem saber de uma coisa? É só a gente dar *dez real* pra um, *dez real* pra outro...

Diabim

– O senhor quer dizer "dez reais", não é?

Doutor Epaminondas

(sacudindo a cabeça)

– Pobre diabo, você seguramente não daria um bom político. Claro que sei que o correto é dizer "dez reais", mas falo "dez real" porque o povo fala assim. A gente tem que falar como o povo fala, pra mostrar que somos iguais, que não temos soberba. Em meus discursos, vocês sempre irão me ouvir falar "a gente fomos", "nóis vai", "nóis fumos", "menas gente". O bom português a gente usa na Câmara dos Deputados, no Senado. Afinal, temos que impressionar os colegas, não é?

Diabim

– Ah, entendi...

Doutor Epaminondas

– Outra coisa que cativa os eleitores é falar dos nossos feitos. Em todo lugar que eu vou, inauguro viadutos, pontes, creches, escolas, hospitais, mesmo que já estejam inaugurados. O truque é a gente colocar uma placa nova, bem grande, fazer um discurso e dar uma graninha prum bando de desocupados aplaudirem os feitos, soltarem foguetes, trazerem umas faixas. Também costumo exagerar em tudo o que faço. Por exemplo, chego em São Paulo, aponto pro Viaduto do Chá e digo: "Foi o doutor Epaminondas quem fez". Vou até o Rio, aponto pro Cristo Redentor e digo: "Foi o doutor Epaminondas quem fez". Teve até uma vez que fui pra Paris e, apontando pra Torre Eiffel, disse pros puxa-sacos que me acompanhavam: "Foi o doutor Epaminondas quem fez". Além disso, sempre digo assim: "Nunca outro governante, desde Pedro Álvares Cabral, fez tanto como eu!". E olha que funciona. Todo mundo acredita.

Capetão

– Mas isso não é uma mentira, doutor?

Doutor Epaminondas

– Meu caro, uma mentira tantas vezes contada acaba se transformando em verdade.

Capetão

– Doutor Epaminondas, que exemplar político o senhor é! Mais escorregadio que peixe ensaboado. Por isso mesmo, terá lugar de honra no inferno.

Doutor Epaminondas

– Como? E minha imunidade parlamentar? Só posso ser julgado pelos meus pares!

Diabim

(enfiando o tridente no traseiro dele)

– Que mané "imunidade parlamentar" o quê! O senhor vai é legislar no inferno!

O doutor Epaminondas saiu, os diabos tocaram a viola, cantaram novamente a modinha. Logo em seguida, entrou a Renata vestida com muita elegância, trazendo um cachorrinho no colo. A plateia começou a gritar:

– Mortícia! Mortícia!

Com o nariz empinado, a Renata-Mortícia fazia o papel de uma *socialite*, preocupada com as aparências, com a viagem que ia fazer às Bahamas. Não parou de falar um só momento do carrão importado que havia comprado, da nova mansão no Morumbi, da casa de praia em Búzios, do marido industrial e dos amantes, um deles galã da televisão. Mal terminou de falar, foi enviada imediatamente para o inferno. Ela protestou, dizendo que fazia chá de caridade para ajudar os pobres, mas foi em vão. Enquanto Diabim a cutucava com o tridente, Capetão lhe dizia com muita malícia:

Capetão

– No inferno, temos um lugar especial pra madames. A senhora vai desfilar essa sua elegância numa passarela de brasas!

A Mortícia saía de cena, dando lugar para outra personagem, de nome Zé Mané. Era novamente o Tato que entrava, parecendo perdido, sempre coçando a cabeça e olhando para os lados com jeito desconfiado.

Capetão
(fazendo uma reverência e cumprimentando-o
com ironia)
– Muito boas tardes! Qual é a graça de Vossa Senhoria?
Zé Mané
(soltando uma risada de bobo)
– Não sei quem sou, sei que sou conhecido como Zé Mané, João Bobão, Tonho da Lua, Zé Ruela. Não sei por quê, mas todo mundo tira sarro da minha cara...
Diabim
(com ironia)
– Por que será, hein? Mas nos diga, o que Vossa Senhoria faz e por que veio parar aqui?
Zé Mané
– Se vocês querem saber, nem sei direito. Faço de tudo e não faço nada, e tudo porque, se faço alguma coisa, depois esqueço por que fiz. Vim parar aqui nem sei bem por quê. A última coisa que me lembro é que tinha enfiado um fósforo aceso no tanque de gasolina de um carro para ver se tinha combustível.
Capetão
(segurando uma risada)
– E tinha combustível, meu caro?

Zé Mané

– Sabe que não sei? Mas quero saber de outra coisa: o que estou fazendo aqui?

Capetão

– O senhor está em outra vida e, daqui, irá pro inferno em nosso busão especial.

Zé Mané

– Busão do inferno? E quem são vocês, se é que eu posso saber?

Capetão

(fazendo outra reverência e apresentando Diabim)

– Sou o secretário do doutor Belzebu, imperador do inferno, e este aqui é meu assessor.

Zé Mané

(assustado e fazendo o sinal da cruz)

– Cruz-credo! Sai, Capeta! Xô, Satanás!

Capetão

– Não tem essa de "sai, Capeta" nem "xô, Satanás". O inferno é seu lugar, seu tonho!

Zé Mané

– Tão pensando o quê? Pro inferno é que eu não vou. Vocês, capetas, vão pra ponte que caiu! Seus cocôs de minhoca! Titicas de baratas! Melecas de nariz de porco! Xixis de porco-espinho!

Capetão

(ajudado por Diabim, tenta arrastar Zé Mané
para o busão do inferno)

– Mas é claro que você vai! Sem choro nem vela!

Nisso, ouve-se o som de uma trombeta, e um Anjo, com grandes asas nas costas e uma auréola na cabeça, representado pela Mortícia, desce suspenso por uma corda e diz:

Anjo

– Alto lá, seus capetas! Esse rapaz não vai pro inferno coisa nenhuma!

Capetão

– E posso saber por quê? O seu patrão lá no céu não vai querer saber de um idiota desses!

Anjo

(saindo de mãos dadas com Zé Mané, que fazia uma banana para os diabos)

– Pois o lugar dele é mesmo no céu, porque bem-aventurados são os pobres de espírito...

Diabim

(resignado e dizendo com ironia)

– Bota pobre de espírito nisso...

E, por fim, depois de os diabos cantarem novamente a modinha, vinha a última personagem. Era novamente o Tato, desta vez fantasiado de motoqueiro, mas um motoqueiro todo machucado, cheio de gaze e esparadrapo, usando um macacão rasgado e empurrando uma moto arrebentada. Então, o Capetão se dirigia a ele:

Capetão

– Ô, meu, o que é que você vem fazer aqui? Tá trazendo encomenda pro Belzebu?

Motoqueiro

– Sei lá, tava andando na Marginal a toda, quando apaguei e acordei aqui.

Diabim

– Pô, meu, tu tá todo estropiado!

Motoqueiro

– Acho que caí embaixo de uma carreta...

Diabim
– Você devia tá num pau só, né?

Motoqueiro
– Claro que tava num pau só. Tinha uma pá de encomendas pra levar. E olha que acordei às cinco e não parei até agora.

Capetão
– E, trabalhando como trabalha, você deve ganhar uma grana preta, meu!

Motoqueiro
– Que grana preta o quê! Mal dá pra pagar a prestação da moto. E o pior é que agora tenho que comprar uma nova.

Capetão
– Comprar uma nova moto pra quê? No inferno, cara, você não vai ter que fazer entrega.

Novamente se ouvia o som de uma trombeta. O Anjo descia como da outra vez, suspenso por uma corda, e dizia:

Anjo
– Alto lá, seus capetas! Este rapaz também não vai pro inferno!

Capetão
(consultando o laptop*)*
– Claro que vai! Veja quantas infrações ele cometeu. Não estava usando capacete, não respeitou a faixa de rolagem, tentou ultrapassar uma carreta pela direita. Sem contar que estava acima da velocidade permitida.

Anjo
– Ué, você agora virou guarda de trânsito, Capetão?

Capetão
– Que guarda de trânsito o quê! São Pedro não te ensinou que é pecado alguém ficar ganancioso? O cara tava correndo porque queria ganhar uma grana extra.

Anjo

– Não seja idiota, Capetão! Ele é um pobre trabalhador explorado pelo patrão! Estava apressado porque tinha tarefas a cumprir e uma família para sustentar! Mais do que qualquer outro, ele merece entrar no céu.

De dentro do busão do inferno, o professor, o político e a *socialite* acharam de protestar, tendo como porta-voz o doutor Epaminondas.

Doutor Epaminondas

– Huuuu! Onde já se viu? Uns pés-rapados como esses entrando no céu? E a gente aqui sendo levado para queimar no inferno? Vocês não sabem com quem estão falando! Mas, em nome de meus queridos colegas, vou tomar minhas providências. Afinal, sou amigo pessoal do cardeal e, quando fui a Roma, cheguei a jogar tênis com o Papa!

Capetão

(gritando, furioso)

– Calados! Ou mando vocês pra sauna de brasas! Já não chega perder outra alma pra esse Anjo safado, e ainda vêm vocês me encher o saco?!

(voltando-se pro Diabim)

– Pega a direção do busão, meu chapa. Seu Belzebu já deve tá esperando a gente.

(depois, voltando-se para os passageiros do busão)

– Cambada! Vão se ajeitando que a próxima parada é o inferno!

Enquanto isso, o Anjo apanhava o motoqueiro pela mão e o levava para o busão do paraíso.

E com isso, caía o pano.

Epílogo

A plateia aplaudiu de pé. Lola não sabia se chorava ou se ria. Suas mãos doíam de tanto bater palmas. Nunca em sua vida havia sentido uma emoção tão grande! Ah, ela estava redimida! Seu trabalho, afinal, tinha frutificado. E tudo graças àquele garoto maravilhoso!

As cortinas foram reabertas, e os membros do grupo apresentaram-se de mãos dadas ao público, fazendo uma grande reverência. Como a plateia não parava de aplaudir, o Tato fez um gesto pedindo silêncio e disse:

— Nosso grupo gostaria de fazer uma homenagem especial ao nosso amuleto da sorte.

E, apontando para a Lola – que, ao se tornar o alvo da atenção de todos, ficou vermelha de vergonha –, ele completou:

— À nossa querida professora, a "Anã gigante", a "Chaveirinho", a "Pintora de rodapé", oferecemos de coração esse auto! Sem o incentivo e a orientação dela, ele nunca seria representado. A professora Lola, o oposto do Igue Norante, mau exemplo dos mestres!

— "Chaveirinho"! "Chaveirinho"! – os alunos gritaram juntos, voltando-se todos para Lola, que continuava morta de vergonha.

– Ah, então esses são seus apelidos, Lólis? – perguntou o Arthur, dando uma gargalhada.

Tato pediu silêncio novamente.

– Eu queria fazer agora uma homenagem bem pessoal.

Ele fez uma pequena pausa e depois disse:

– Dedico minha parte do trabalho a meus queridos velhos, que vieram aqui me ver...

* * *

E, com isso, caros leitores e caras leitoras, deixo também cair o pano desta história que vim contando até aqui. O que irá acontecer com nossos heróis? Bem, eu pediria que cada um de vocês pusesse a imaginação a trabalhar, pensando no melhor futuro para nossas personagens.

De minha parte, julgo que a vida vai oferecer muitas coisas boas e muitas dificuldades, que eles terão de enfrentar de peito aberto. Mas gostaria de imaginar, por exemplo, que a Lola, ou Lólis, irá se casar com o Arthur, ou Tuco. Como todo casal jovem, eles enfrentarão seus conflitos do dia a dia, mas, por serem pessoas sensíveis e inteligentes, darão sempre a volta por cima. Posso também imaginar que terão dois ou três filhos, a quem amarão profundamente e para quem procurarão passar os melhores valores.

Quanto ao nosso querido Tato, acredito que se reconciliará com o pai e, sobretudo, consigo próprio. O doutor Jaime, com certeza, saberá valorizar no filho tudo aquilo que ainda não havia reconhecido até então: a inteligência precoce, a sensibilidade, o senso de humor. Com isso, irão se entender melhor, tornando-se mais do que um pai e um filho separados pela incompreensão e pela falta de diálogo.

E quanto aos professores do colégio São Gonçalo? Bem, uma pessoa seria otimista demais se pensasse que tanto a

Neide quanto o João Carlos iriam aprender a lição... Infelizmente, o caminho deles já estava traçado há muito. Pessoas amarguradas e ressentidas que não se amam, que não amam o próximo, que não amam a fundo sua profissão e que não sabem receber críticas acabam ficando sozinhas e se ressentindo ainda mais. Ou seja: acabarão no "inferno" que criaram para si próprios.

E o nosso querido professor Décio? Tenho quase certeza absoluta de que, cada vez mais gordo, cada vez mais rechonchudo, continuará a entrar nas classes, sempre cantarolando: "Rebola, rebola, bola".

Ah, e quem sabe não ganhará um novo apelido?

"Isca de orca"! Ou outra coisa qualquer que você imaginar...

Outros olhares sobre Auto da barca do inferno

Depois de embarcar no Auto do busão do inferno *e acompanhar a história de Lola e Tato, vamos fazer uma viagem no tempo e conhecer um pouco mais sobre o* Auto da barca do inferno *e seu autor?*

Dramaturgo ou ourives?

Fazer uma biografia de Gil Vicente é uma tarefa difícil. Nascido o autor no século XV, não há fotografias e os documentos são escassos. Seria muito lógico, portanto, nos perguntarmos como ele atravessou os séculos e chegou até nós. A resposta: por meio de peças de teatro, que imortalizaram seu nome.

Falar sobre a vida de Gil Vicente consiste, então, em mencionar alguns fatos que envolvem seu nome e algumas datas relacionadas à publicação de suas obras. Ele nasceu em Portugal, durante o reinado de D. Afonso V (de 1438 a 1481), e perpassou os reinados de D. João II (de 1481 a 1495), D. Manuel I (de 1495 a 1521) e D. João III (de 1521 a 1557). Portanto, presenciou fatos importantes para a história do seu país, como a descoberta da costa africana, a chegada de Vasco da Gama à Índia, a transformação de Lisboa num cais mundial de comércio de especiarias e o brilho do reinado de D. Manuel (em que se expandiu o império português, com a conquista de colônias ultrama-

Gil Vicente, imortalizado por suas peças teatrais.

rinas, como o Brasil). Mas, da mesma forma que Gil Vicente foi testemunha do apogeu da nação portuguesa, o autor também presenciou os começos da crise, ainda no reinado de D. João III, com o início da Inquisição nas terras portuguesas e a forte influência de um catolicismo corrupto sobre o poder real, instaurando um clima de austeridade e hipocrisia na corte (que Gil Vicente não deixará de retratar em algumas de suas peças).

Não se sabe ao certo a data e o local de seu nascimento, nem de sua morte. É mais fácil precisar a data da encenação de sua primeira peça, *Auto da visitação,* também conhecida como *O monólogo do vaqueiro*, em 1502. Os estudiosos de sua vida e obra presumem que ele nasceu por volta de 1465. Portanto, teria se dedicado à arte do teatro depois dos, aproximadamente, 35 anos de idade. A data de sua morte também é presumida através de sua obra. Tendo escrito sua última peça, *Floresta de enganos,* no ano de 1536, provavelmente morreu entre 1536 e 1540.

E o que fazia Gil Vicente antes de se tornar um dramaturgo? Talvez tenha sido um importan-

O monólogo do vaqueiro, quadro do pintor português Roque Gameiro (1864-1935), imaginando como teria sido representada a primeira peça de Gil Vicente.

te ourives (um artesão que faz peças em ouro). Atribuem a ele a autoria, em 1506, da famosa Custódia de Belém (peça em que se coloca a hóstia consagrada em rituais religiosos), que foi esculpida a pedido de D. Manuel, com a primeira remessa de ouro recebida de Moçambique, na África.

Porém, há séculos, estudiosos da literatura portuguesa apresentam versões distintas sobre o fato de o ourives e o dramaturgo serem a mesma pessoa. Alguns dizem que não, que são apenas homônimos. O ourives teria sido também mestre da Balança na Casa da Moeda e inspetor do patrimônio de ourivesaria de várias instituições portuguesas, o que seria incompatível com a rotina de um dramaturgo que organizava festas palacianas, para as quais escreveu cerca de 44 peças, todas encenadas num intervalo de 34 anos (o que significa a produção de mais de uma peça por ano). Porém, há estudiosos que afirmam que o ourives teria encerrado sua carreira na primeira década do século XVI, o que lhe permitiria se dedicar, posteriormente, aos divertimentos da corte e

© Museu Nacional de Arte Antiga, Lisboa

Custódia de Belém (1506), famosa peça da ourivesaria portuguesa. Muitos atribuem essa obra ao autor de *Auto da barca do inferno*.

ao teatro. Há também críticos que sustentam uma afinidade temática entre a obra do ourives e a do dramaturgo, permeadas de motivos religiosos. De qualquer forma, nada é suficientemente provado por documentos: nem que o ourives e o dramaturgo foram a mesma pessoa, nem o contrário.

Pai do teatro português ou filho do teatro medieval?

Você já deve ter percebido que, sobre a vida do autor de *Auto da barca do inferno*, existem muitas perguntas, algumas respostas e poucas certezas. Mas isso não nos impede de conhecer a personalidade artística de Gil Vicente, bem como a importância de sua obra. Sabe-se que o dramaturgo desempenhou, na corte de D. Manuel I e principalmente na de D. João III, o importante papel de organizador de festas palacianas, para as quais produzia peças teatrais. Recebeu prêmios de D. João III e alcançou tamanho prestígio que, em 1531, por ocasião de um terremoto que veio a destruir boa parte de Lisboa (desastre atribuído, pelos padres, a um castigo divino pela brandura com que os judeus eram tratados em Portugal), fez um discurso aos frades de Santarém censurando seus sermões antissemitas, bem como escreveu uma carta ao rei se pronunciando contra a perseguição movida aos judeus. Outro sinal de seu prestígio no reinado de D. João III foi a liberdade com que criticou todas as classes sociais, inclusive o clero e a nobreza (a elite da época), em suas peças.

No plano artístico, Gil Vicente vivenciou um momento de transição entre a arte medieval e a arte renascentista (que os historiadores da literatura portuguesa denominam *Humanismo*). Há dois fatos, nesse período, que demonstram algumas marcas dessa transição de valores artísticos. O primeiro é a publicação do *Cancioneiro geral*, organizado por Garcia de Resende, em 1516. Um cancioneiro é um tipo de publicação medieval que reúne *canções* (daí o seu nome) de variados autores. Vale lembrar que as poesias medievais eram cantadas (por isso eram chamadas de *cantigas*). Mas o cancioneiro organizado por Garcia de Resende possui textos escritos para serem declamados, e não mais cantados. Porém, mantém a métrica[1] tradicional da poesia medieval, trazendo em seus poemas versos redondilhos[2]. Se, na estrutura, alguns aspectos se modificam e outros permanecem, não podemos dizer outra coisa em relação ao tema dos poemas. Muitos poetas fazem textos que se assemelham às cantigas de amor e amigo, típicas da cultura medieval portuguesa; outros farão poemas amorosos repletos de raciocínios que demonstram as contradições do amor, revelando clara influência da poesia renascentista do poeta italiano Petrarca (1304-1374).

O segundo fato que evidencia a transição da cultura medieval para a renascentista relaciona-se, exatamente, com a influência do Renascimento italiano, reforçada pela renovação das estruturas e de temas na literatura, promovida por Sá de Miranda. Esse poeta retornou

---

1. A palavra *métrica* vem de *metro*, e quer dizer *medida*. Trata-se do tamanho, da medida do verso, que é percebida pelo número de sílabas sonoras que ele contém.

2. Versos que contêm 5 (chamados de redondilha menor) ou 7 sílabas (chamados de redondilha maior). É uma medida comum nos versos de língua portuguesa e caracteriza a poesia de cunho popular, pouco erudito, da Idade Média.

da Itália em meados da década de 1520 e introduziu algumas inovações na poesia portuguesa, como a *medida nova* (o verso decassílabo[3] – por oposição, o verso redondilho passou a ser conhecido como *medida velha*) e o *soneto*[4].

Gil Vicente não apenas presenciou essa transição como também a vivenciou, representando-a em suas peças. Além de dramaturgo, também foi um dos poetas líricos (assim como Sá de Miranda) a integrar o *Cancioneiro geral*. Em termos estruturais, sua arte invariavelmente se filiará à Idade Média: foi sempre fiel aos versos redondilhos, tanto em sua obra lírica como na dramática, e representou, de maneira caricata, os poetas "petrarquistas", com poesias amorosas cheias de paradoxos[5], como podemos perceber nos poemas de amor declamados por Fernandeanes em *O velho da horta* (1512).

---

3. Verso que contém 10 sílabas.

4. Poema que contém a forma fixa de 14 versos, divididos em duas estrofes de 4 versos, denominadas quartetos, e duas estrofes de 3 versos, denominadas tercetos.

5. Figura de linguagem em que se expressam ideias logicamente inconciliáveis, numa aparente contradição, como no famoso verso de Camões: "[Amor] é ferida que dói e não se sente".

A obra lírica de Gil Vicente é pouco conhecida, ao contrário da sua obra dramática, que testemunha igualmente esse momento de transição. Porém, é muito comum, ao travarmos contato com alguma peça desse autor ou algum estudo sobre ele, lermos que "Gil Vicente foi o pai do teatro português". A frase, que pode nos parecer correta ao pensarmos na importância do autor, logo nos parece estranha quando verificamos que, se o teatro vicentino também reflete uma transição artística, isso significa que havia um teatro medieval, anterior a ele.

Portanto, podemos afirmar, sem diminuir a importância do autor, que seria mais correto dizer que, em vez de "pai do teatro português", Gil Vicente é filho do teatro medieval. Isso nos dá a correta dimensão do seu valor. Ele não funda um teatro em Portugal – este já existia, em representações religiosas e profanas. O que faz Gil Vicente receber o título de "pai" da dramaturgia lusitana é o fato de ele ter sido o primeiro autor a deixar textos teatrais escritos. E, provavelmente, seu nome se tornou famoso por transformar um rústico e talvez pouco expressivo teatro português numa obra dramática desenvolvida, hoje reconhecida em toda a Europa.

A relação do teatro vicentino com a cultura medieval é assunto de muitas páginas, mas podemos mencionar algumas marcas presentes no *Auto da barca do inferno*. A primeira delas é o gênero escolhido por Gil Vicente – um *auto*, peça contínua, sem divisões (isto é, num só ato), que frequentemente traz temas religiosos. O autor ignorou as regras do teatro clássico[6], que começava a ser influenciado pelo teatro grego antigo, e manteve a estrutura das peças medievais, que se organizavam pela sucessão de quadros narrativos, sem uma ligação de causa e efeito entre eles. Ao lermos o *Auto da barca do inferno*, percebemos que as almas dos recém-mortos chegam à praia onde estão as barcas que rumam para a eternidade e todas elas são condenadas (na maioria dos casos) ou absolvidas em um julgamento. Cada cena se inaugura com a chegada de uma nova alma a ser julgada, e não tem relação lógica com a anterior. Tanto assim que a ordem dos julgamentos poderia ser alterada: se o primeiro a ser julgado fosse o Sapateiro, por exemplo, e não o Fidalgo, isso não interferiria no sentido geral da peça, nem comprometeria sua estrutura.

Ilustração da edição original do *Auto da barca do inferno*. Note que traz o título "Tragicomedia alegorica del parayso y del infierno", classificação feita por Luís Vicente, filho do autor, que organizou, depois de sua morte, a publicação de suas obras completas.

---

6. As regras do teatro clássico, conhecidas como "Regra das três unidades", foram desenvolvidas a partir das ideias do filósofo ateniense Aristóteles (século V a.C.), em seu famoso tratado sobre a tragédia, denominado *Poética*. A regra constitui-se na concentração dos efeitos emotivos, alcançada pela organização da peça em torno de: unidade de ação (o enredo deve se organizar em torno de uma única ação principal), unidade de tempo (a ação deve se restringir a um único dia) e unidade de espaço (a ação deve se passar num único lugar ou cenário).

Porém, se a organização da peça se baseia na cultura medieval, podemos dizer que a representação de seu tema central, por sua vez, revela características renascentistas. Lembrando que a temática da peça se centra no dogma cristão do juízo final (bastante presente na arte medieval e pré-renascentista), percebe-se que Gil Vicente usa uma alegoria[7] para colocá-lo em cena: o julgamento ocorre numa praia, e a destinação ao inferno ou ao paraíso se dá por meio das barcas. Essa imagem não é, propriamente, uma invenção vicentina. Os antigos gregos acreditavam que as almas, para chegarem ao Hades, o reino subterrâneo dos mortos, teriam de atravessar o Estige, o rio que separava esse reino do mundo terreno. Para isso, teriam de tomar uma barca, conduzida por Caronte, que lhes cobraria um óbolo (uma moeda) pela travessia. Considerando que a retomada de imagens da mitologia greco-romana é uma das marcas artísticas do Renascimento, percebemos, nessa alegoria, um traço sutil do novo estilo que estava surgindo. Pois, como veremos a seguir, há muitas maneiras de se representar o juízo final.

Deus e o diabo na arte europeia

Das marcas medievais do *Auto da barca do inferno*, destaca-se, sem dúvida, a defesa de uma moralidade cristã, mais especificamente, católica, que se evidencia no elogio das Cruzadas através da glorificação dos Cavaleiros de Cristo, ao final da obra.

Antes disso, podemos dizer que o próprio tema do juízo fi-

© Chris Hellier/Corbis

Ilustração de Gustave Doré (século XIX) retratando cena em que Dante atravessa o rio Estige, em cujas águas se encontram condenados pelo pecado da ira.

---

7. Podemos definir *alegoria*, de maneira simplificada, como a representação de uma ideia abstrata (uma entidade espiritual, um valor moral, uma classe social etc.).

nal, ou seja, da existência de um inferno que pune os pecadores, já remete a essa moral católica. Um rápido "passeio cultural" pela Europa do fim da Idade Média e início do Renascimento nos leva a perceber que esse é um tema recorrente na arte do período.

Comecemos pela famosa *Commedia*, de Dante Alighieri (1265-1321), que ficou conhecida como *A divina comédia*. O adjetivo *divina* aparece a partir das edições de 1555, como homenagem de seus admiradores aos méritos da obra: composto entre 1307 e 1321 (totalizando 14 anos de trabalho), o poema é reconhecido por sua perfeição formal e por ter influenciado muitos artistas renomados, como os pintores ou ilustradores Sandro Botticelli, Gustave Doré e William Blake, os compositores Franz Schumann e Franz Liszt e o escultor Auguste Rodin, dentre tantos outros.

E no que *A divina comédia* se assemelha ao auto vicentino? Dividida em três partes ("Inferno", "Purgatório" e "Paraíso"), a obra é um poema que narra a passagem de Dante pelos três lugares possíveis da vida eterna, segundo a crença católica. Inclusive, na primeira parte, Dante circula pelos nove círculos do inferno (onde são punidos diferentes tipos de pecados) con-

Pintura de Sandro Botticelli (século XV) para o canto XVIII de *A divina comédia*. Rufiões e libertinos são açoitados por demônios na primeira cova, enquanto, na segunda, pecadores estão imersos no esterco.

templando o sofrimento dos condenados, os monstros e os demônios infernais até chegar ao centro da Terra, onde Lúcifer, o senhor das profundezas, habita.

Além da literatura, temos nas artes plásticas várias obras que apresentam o tema, como as pinturas de Fra Angélico (1387?-1455?). Esse frade dominicano, nascido na Itália, foi o pintor mais importante da Península Itálica, no estilo chamado de *gótico tardio*, no início do Renascimento. No começo da década de 1440, pintou o célebre quadro conhecido como *Juízo final* (algumas publicações se referem a essa pintura pelo título *Juízo universal*).

Note que, no quadro de Fra Angélico, temos, no plano superior, a corte celeste (Jesus Cristo ao centro, rodeado de anjos e santos). Abaixo, ao centro, uma fileira de sepulcros abertos; em lados opostos, nas laterais, o paraíso (um jardim repleto de luz e cores) e o inferno (uma montanha sombria). E, sem dúvida, é no lado que representa o inferno que vemos mais semelhanças entre o quadro e o auto vicentino.

Nos detalhes do quadro podemos observar mais nitidamente a caracterização da condenação ao inferno. No primeiro recorte, abaixo da corte celeste, vemos demônios empurrando condenados em direção à porta do inferno. Note que há integrantes do clero e da nobreza entre eles, inclusive reis e bispos, assim como no *Auto da barca do inferno*, em que Gil Vicente não poupa os membros

Juízo final, Fra Angélico, 1432-1435, têmpera em madeira.

Juízo final, Fra Angélico (detalhes).

da elite, condenando-os ao fogo eterno. No segundo recorte, vemos condenados sendo açoitados, espetados, queimados vivos e devorados pelo diabo. Note a semelhança com o quadro de Botticelli, em que os condenados também são retratados nus e sob torturas, em covas ou valas. Seria essa representação do inferno algo comum na pintura da época?

Mais uma pintura, que traz uma imagem similar (corpos nus sendo torturados), nos faz pensar que sim, que talvez seja um lugar-comum na pintura de transição da Idade Média para o Renascimento. Trata-se, curiosamente, de um quadro de origem portuguesa, pintado na mesma época da composição do *Auto da barca do inferno*.

Sobre esse quadro, encontramos informações[8] interessantes que confirmam algumas de nossas hipóteses:

> *É a mais antiga representação autónoma do Inferno na pintura portuguesa. Obra misteriosa e inquietante, a sua iconografia incorpora, pelo menos, dois aspectos inovadores no contexto da arte portuguesa do início do século XVI. Por um lado, a <u>evidência na representação</u>*

---

8. No *website* do Museu Nacional de Arte Antiga de Lisboa, http://www.mnarteantiga-ipmuseus.pt/, 19/07/2007. (Grifos nossos)

Inferno. Autor desconhecido, c. 1510-1520. Óleo sobre madeira de carvalho.

<u>da nudez feminina</u>, bem exemplificada nos três corpos dependurados que devem simbolizar a Vaidade e a Soberba, ou no impositivo casal enlaçado que no primeiro plano, à direita, personifica a Luxúria. (...) <u>A pintura recorre a um repertório medieval de referências teológicas cristãs</u>, propondo uma <u>imagem do Inferno como inventário de torturas incessantes</u>, lugar de suplício e condenação eterna dos que incorrem nos Pecados Capitais, <u>sem distinção do seu estado ou condição social</u>.

Perceba que o trecho menciona que o quadro "recorre a um repertório medieval de referências teológicas cristãs", isto é, que retrata uma série de ideias religiosas cristãs que eram difundidas na Idade Média. É nesse caldeirão de ideias, provavelmente, que estão inseridas essa pintura, a *Commedia* de Dante, as obras de Fra Angélico e de Botticelli e o *Auto da barca do inferno*, de Gil Vicente.

Ecos medievais na cultura brasileira

Dois pensamentos podem nos ocorrer a partir da análise dos quadros citados anteriormente: que o *Auto da barca do inferno* só possui traços medievais; que, consequentemente, a importância da obra se restringe ao seu diálogo com a cultura medieval, sendo, portanto, datada (isto é, sua importância é apenas histórica, pois representa uma época remota). Tanto um como outro podem ser refutados.

Em relação ao primeiro, podemos dizer que, embora Gil Vicente apresente uma moral católica e seu auto esteja embebido da cultura medieval, existem marcas do pensamento renascentista na crítica social empreendida pelo dramaturgo. Elas são perceptíveis na crítica que Gil Vicente faz a algumas condutas da Igreja Católica, como a venda de indulgências e a corrupção dos padres. Mas, atenção: Gil Vicente critica aspectos da instituição católica, sem, entretanto, deixar de defender seus dogmas e valores morais.

Podemos, igualmente, negar o segundo pensamento: a presunção de que a obra vicentina tem importância meramente histórica. É comum, ao lermos o *Auto da barca do inferno*, que essa ideia nos venha à cabeça pela distância no tempo que o universo da peça apresenta. Mas essa distância se relaciona muito mais à sua linguagem do que ao seu tema ou estrutura. Afinal, a linguagem utilizada por Gil Vicente era falada há aproximadamente quinhentos anos. Portanto, muitos podem estranhar essa linguagem e ter certa dificuldade de enxergar seu caráter vivo e popular.

Porém, se pensarmos nos temas e na estrutura da peça, veremos que ela ainda hoje se mantém atual. Um exemplo pode ser percebido numa obra moderna, que, desde sua primeira encenação, vem sendo retomada constantemente: *O auto da Compadecida*, de Ariano Suassuna. Escrita em 1955, a peça foi encenada pela primeira vez em 1956, no Teatro de Santa Isabel, no Recife. No ano seguinte,

em janeiro de 1957, participou do I Festival de Amadores Nacionais, promovido pela Fundação Brasileira de Teatro, em que foi premiada com a Medalha de Ouro da Associação Brasileira dos Críticos Teatrais. Desde então, a peça e seu autor começaram uma longa trajetória: Ariano Suassuna passou a ser reconhecido como um grande dramaturgo, criador de uma estética própria; *O auto da Compadecida* foi publicada, no mesmo ano, pela Editora Agir (com inúmeras reedições até os dias de hoje), e traduzida para sete idiomas, além de ter sido encenada em diversos países da Europa e das Américas.

As relações entre *O auto da Compadecida* e *Auto da barca do inferno* não se restringem apenas ao gênero comum das duas obras (o auto). Na obra de Ariano Suassuna, baseada em narrativas de cordel nordestinas (que possuem grande relação com a cultura medieval ibérica), temos como personagens principais João Grilo e Chicó, dois nordestinos pobres que lutam, dia a dia, pela sobrevivência. Chicó é mentiroso e vive contando histórias que inventa, jurando serem elas verdadeiras.

Mas, no fundo, é ingênuo e se deixa levar pelas armações de João Grilo, que, através da astúcia e da esperteza, tenta enrolar os patrões (o Padeiro e sua Mulher), o Bispo, ou mesmo um Cangaceiro, para conseguir algum dinheiro. Porém, ao tentar enganar Severino do Aracaju – o Cangaceiro –, João Grilo, bem como o Padre, o Bispo, o Padeiro e a Mulher do Padeiro morrem e vão parar no inferno, onde serão julgados pelo Diabo, o Encourado. Mas, mais uma vez, João Grilo usa de sua astúcia e clama por Nossa Senhora, a Compadecida, durante o julgamento. Como você deve ter percebido por essa breve sinopse da peça, o velho tema do juízo final aparece mais uma vez.

Assim como no auto vicentino, as personagens de O auto da Compadecida serão julgadas por sua conduta em vida, que será discutida pelo Encourado, que deseja a condenação de todos ao inferno, e pela Compadecida e seu filho Manuel (Jesus Cristo), que vão avaliar se as atitudes dos julgados foram pecaminosas ou fruto das circunstâncias de suas vidas. As oposições entre inferno e paraíso, entre Deus e o diabo, são mantidas – o que demonstra a moral cristã e católica que asseme-

Luís Melo e Fernanda Montenegro, como o Encourado e a Compadecida, respectivamente.

lha as duas peças. O julgamento da conduta das personagens também é ponto de partida para a *sátira* – a crítica social através da comicidade, do riso. Porém, o destino das almas julgadas na peça de Suassuna é muito diferente do rumo seguido pela maioria das personagens de Gil Vicente. Convidamos você para ler *O auto da Compadecida* e notar essas diferenças.

Ou para ver uma das três adaptações da peça para o cinema. A primeira, assinada pelo próprio Ariano Suassuna, tem como título *A Compadecida*. Dirigida por George Jonas, data de 1969 e apresenta Armando Bogus e Antônio Fagundes nos papéis da dupla João Grilo e Chicó, e Regina Duarte no papel da Compadecida. A segunda, de 1987, *Os trapalhões no auto da Compadecida*, estrelada pelo famoso quarteto cômico formado por Didi, Dedé, Mussum e Zacarias, contou com a participação de Suassuna na elaboração do roteiro, em coautoria com o diretor Roberto Farias. Enfim, em 1999, Guel Arraes produziu, para a Rede Globo de Televisão, a minissérie em quatro capítulos *O auto da Compadecida*, que, em 2000, numa versão

Cartaz do filme *O auto da Compadecida*, de Guel Arraes (2000).

compacta, chegou aos cinemas pela Globo Filmes. O filme foi um sucesso de público e crítica, com um time de atores de primeira linha (Fernanda Montenegro, como a Compadecida; Luís Melo, como o Encourado; Matheus Nachtergaele, como João Grilo; Selton Mello, como Chicó; e Marco Nanini, como Severino). Nessa última adaptação, também foram inseridos elementos de outras obras de Ariano Suassuna, como *A pena e a lei* e *O santo e a porca*.